偽《にせ》義経《よしつね》冥界《めいかい》に歌《うた》う

令和編

K.Nakashima Selection Vol.32

中島かずき
Kazuki Nakashima

論創社

偽義経　冥界に歌う　令和編

装幀　鳥井和昌

目次

偽義経　冥界に歌う　令和編

◉登場人物

《奥州奥華》
源九郎義経《みなもとのくろうよしつね》（奥華玄久郎国衡《おうがのげんくろうくにひら》）
奥華秀衡《おうがのひでひら》
黄泉津《よもつ》の方
奥華次郎泰衡《おうがのじろうやすひら》
木乃伊守《ミイラもり》の干殻火《ひからび》
くくり
奥華十三《おうがのじゅうぞう》
佐郷元治《さごうもとはる》

《義経一党》
静歌《しずか》
武蔵坊弁慶《むさしぼうべんけい》
常陸坊海尊《ひたちぼうかいそん》

《鎌倉源氏》
源頼朝《みなもとのよりとも》
遮那王牛若《しゃなおううしわか》
北条政子《ほうじょうまさこ》
土肥実平《どいさねひら》
梶原景時《かじわらかげとき》
おかめの方

《朝廷仏閣連合》
炎上院《えんじょういん》
鈍覚大僧正《どんかくだいそうじょう》
通風権僧正《つうふうごんのそうじょう》

《冥界の人々》
奥華清衡《おうがのきよひら》
奥華基衡《おうがのもとひら》
奥華の兵士達
奥華の女達

源氏の兵士達
源氏の女達
平氏の兵士達
平氏の女達
山法師達
奥華の先祖達

—第一幕— 偽義経　西海《さいかい》に逸《はや》る

【第一景】

日の本の国。

長かった貴族による支配から脱して、武士が力を持ち始めた頃。

当時、京の都は公家と平氏が実権を握っていた。だが、東国では、平氏討伐を狙う源氏の棟梁頼朝が、鎌倉を拠点に着々と力を蓄えていた。

日の本が源氏と平氏、二つの勢力に二分されようとしていた中、国の北方、〝みちのく〟と呼ばれる奥州だけは、いずれの勢力にも属さず独立自治を貫いていた。

奥州をまとめるは奥華《おうが》一族。その都、奥泉《おくいずみ》は黄金の都とも噂されていた。

× × × ×

奥州、奥泉。そのはずれ。

社がある。その奥には洞窟。奥華の民は死者を木乃伊《ミイラ》にするという風習があった。この洞窟はその先祖代々の木乃伊が眠る〝漆黒の窟《いわや》〟である。

と、そこに若侍が若い女性を無理矢理引っ張ってくる。若侍の名は遮那王牛若《しゃなおううしわか》。女は嫌がっている。

それを止めている僧形の男と若い武士。僧は常陸坊海尊《ひたちぼうかいそん》。武士は奥華次郎泰衡《おうがのじろうやすひら》だ。

牛若　騒ぐな、騒ぐなと言うに。
女　困ります。困ります、若様。
牛若　何が困る。この俺が選んでやったのだ。有難く思え。
海尊　やめましょうよ、牛若様。
牛若　ぐずぐず言うな、海尊。こんな田舎で他に何の楽しみがある。

次郎泰衡も必死で止める。

次郎　ほんと、やめて下さい。ここはまずいです。
海尊　そう。ここは地元の者達が聖なる場所と崇めている所。そんな所で、いかがわしい事してたらバチが当たりますよ。

その言葉にちょっと怯むが強がる牛若。

牛若　だから面白いんじゃねえか。さあ、来い！

女を連れて強引に洞窟に入ろうとする。

次郎　牛若様、おやめ下さい！（と、彼の肩を摑む）

牛若　触んじゃねえ！

乱暴に次郎を振り払う牛若。次郎、地面に転がる。

牛若　俺を誰だと思ってる。源氏の棟梁源頼朝《みなもとのよりとも》の弟、遮那王牛若だぞ。奥華の田舎者風情が気安く触るんじゃねえ！

と、次郎を蹴りまくる。次郎、女に声をかける。

次郎　逃げろ、今のうちに。
女　はい。

駆け去る女。

牛若　待て。

と、追おうとするが、次郎が足にすがりつく。

牛若　次郎、てめえ、しつこいんだよ！

と、再び次郎を蹴る牛若。

海尊　もういい。おやめなさい。やめなさいってば、若！

海尊の諫めに、ようやく蹴るのをやめる牛若。海尊、次郎を起こす。

海尊　大丈夫ですか、次郎殿。
次郎　ええ、私は。
牛若　海尊、てめえの主人は誰だ。
海尊　え。
牛若　誰だって聞いてんだよ！（と、海尊の頭をはたく）この俺だろう、牛若様だろう。なのに、なんでこいつをかばう。
海尊　いや、そういうつもりは。
牛若　口答えすんのか。
海尊　でもね牛若様、我々は平氏に追われて、このみちのくに逃げ込んで、次郎殿達奥華の家に厄介になって、しかも出兵のお願いもしようとしてるのです。お立場をお考え下さい。
牛若　お前もそう思ってんのか、次郎。お前らが俺を養ってる。そう思ってんのか。

次郎　いえ、私は。武家の棟梁、源氏のお血筋のお世話ができるだけ光栄だと。
牛若　け。その言い方が生意気なんだよ。

再び突っかかろうとする牛若に、思案していた海尊がぼそりと呟く。

海尊　でもね、若。ここ、出ますよ。
牛若　え。
海尊　これ。（と、両手を前に下げて幽霊の仕草）
牛若　え。
海尊　ここは〝漆黒の窟《いわや》〟。あの洞窟の奥には、奥華の先祖代々が木乃伊《ミイラ》となって眠っているとか。この窟を冒瀆する不届き者には、木乃伊が蘇って祟りをなすと。
牛若　……。

海尊の言葉に同調する次郎。

次郎　そ、そうです。出ますよ、木乃伊の怪物が。
海尊　さ、おとなしく帰りましょ。
牛若　ば、ばかやろう。なにが木乃伊の怪物だ。そんなもんにこの俺がビビると思ってんのか。武家の棟梁、源氏の血を引く遮那王牛若様だぞ。

と、ムキになると洞窟の入り口で叫ぶ。

牛若　いるなら出てこい、木乃伊野郎!!

と、洞窟から、干からびた木乃伊のような男が駆け出してくる。

木乃伊男　静かにしろー!!

牛若　うわああ!!（驚いて飛びずさる）

木乃伊男　この窟は、奥華のご先祖の霊が眠る場所。大声出す奴はわしが許さねえ!!

と、牛若に襲いかかる木乃伊のような男。

牛若　うわ、うわああ!!

と、狼狽した牛若、刀を抜いて木乃伊男を斬る。

木乃伊男　ぐはあ!

次郎　干殻火《ひからび》さん!

海尊　え？

次郎　その人は、この漆黒の窟を守る、木乃伊守《ミイラもり》の干殻火さんです。

干殻火と呼ばれた木乃伊のような男、よろよろと起き上がる。

干殻火　その通り！　この干殻火さんの目の黒いうちは誰もこの窟には入れさせねえ。

牛若　人間じゃねえかあぁ!!

と、一瞬ビビった自分に腹を立て、干殻火に八つ当たり。彼を切り刻む牛若。

干殻火　……わしは……、わしは……、木乃伊守の、干殻火さん。わが人生に一点の湿り気なーし!!

と、天に向かって叫ぶと絶命。倒れる干殻火。

次郎　干殻火さーん!!

牛若　ばかやろう、ビビらせんじゃねえ。

と、干殻火の遺骸を足蹴にする。

次郎　いい加減にしろ！

と、干殻火をかばい抱き起こす次郎。

牛若　なにい。

海尊　若。（と、諌める）

牛若、気持ちが治まらない。辺りを見る。
と、落ちていた枯れ枝を拾う。

牛若　海尊、火をつけろ。（枯れ枝を差し出す）

海尊　え。

牛若　いいからこいつに火をつけろ。

次郎　な、何を。

牛若　この奥に木乃伊の化け物がいるんだろう。俺が退治してやる。

海尊　そ、それは。

牛若　いいから、早く。

次郎、干殻火の亡骸を横たえると立ち上がり、牛若の前に立ちはだかる。

牛若　なんだ。

次郎　ここから先には行かせない。

牛若　ほう。

次郎　漆黒の窟は我ら奥華一族代々の魂が眠る場所。それに火をかけるなど、断じて許されない。

牛若　ほほう、断じてときたか。いいねえ、断じようじゃないか。（と、刀を抜く）

次郎　！

牛若　さあ、抜けよ次郎。俺を止めたかったら腕ずくで来な。

海尊　若。

牛若　黙って見てろ。（次郎に）お前が奥華の意地を通すなら俺だって源氏の棟梁の血筋。武士と武士の面子の問題だ。だったら刀で筋を通す、それが武士ってもんだろう。どうした、次郎。奥華の男は腰抜けか。

次郎　く！（と、抜刀する）

牛若　抜いたなあ。

と、嬉しそうに打ちかかる牛若。次郎、牛若の剣の速さについていけない。受けるのに必死。

牛若　ほら、どうした。隙だらけだぞ。ほら、右足。ほら、左腕。

致命傷にならないよう傷を負わせていく牛若。いったん離れる。

牛若　話にならねえな。どけ。どかないと今度は首が飛ぶぞ。
次郎　どくものか！　断じてどくものか！
牛若　馬鹿が！

と、次郎に襲いかかろうとした時、牛若の背後から駆け込んできた男が牛若の背中にドロップキックを放つ。奥華玄久郎国衡《おうがのげんくろうくにひら》だ。

玄久郎　うおりゃああ！
牛若　うあ！

すっころがる牛若。

玄久郎　だいじょうぶか、次郎。
次郎　兄上。

玄久郎　俺の弟に何してくれてる、牛若！
海尊　ありがとう、よく止めてくれた、玄久郎殿。
次郎　なんで、ここに。
玄久郎　狩りの帰りだ。でっけえ猪が捕れたぞ。

と、物陰から大きな猪の死骸を引っ張り出す玄久郎。

玄久郎　しっかりしてくれよ、海尊。牛若のお守り役だろう。
海尊　いやいや、言って聞くお方じゃないから。少しくらい手荒なほうが薬になる。さすがは奥華の嫡男、玄久郎国衡殿だ。
玄久郎　……ちゃくなん？
次郎　兄上ということです。
玄久郎　おう。（倒れている牛若に）ほら、これで懲りただろう。起きろ、牛若。

と、うつぶせで倒れている牛若の様子を見ていた次郎の表情が強張る。

次郎　……兄上。
玄久郎　ん？
次郎　死んでる。

と、次郎が牛若をひっくり返す。牛若の腹に自分の刀が突き刺さっている。

驚く玄久郎と海尊。

次郎　跳び蹴りの弾みで、突き刺さっちゃったんだ。ほら、もう息がない。

絶命している牛若。

海尊　（玄久郎に）なんてことしてくれたんだ、このくそガキ‼（と、いきなり態度が変わる）

玄久郎　えー？

海尊　どうしてくれる、こんガキ！　若ー！　牛若様ー‼

牛若の遺骸にすがりつく海尊。

玄久郎　どうしよう、次郎。

次郎　これ、まずいよ。かなりまずい。

玄久郎　……わかった。俺は逃げる。

次郎　逃げるって。

玄久郎　あとは頼んだぞ、次郎。

次郎　そんな無茶ぶりを。
海尊　逃げられると思うか。来い、者ども。

と、海尊が声を上げるとどこからともなく僧兵が何人も姿を現す。山法師達だ。

玄久郎　こんな奴ら、いつの間に。
海尊　此奴らは山法師。牛若様が平氏打倒の兵を挙げるその時のために、陰日向となって牛若様をお守りする伏兵だ。
山法師達　おう！
玄久郎　って、守れなかったよね。見殺しにしたよね。意味ないじゃん。
海尊　やかましい！　誰にだってうっかりはある。此奴らも悔いておるのだ。だからこそ、貴様を見逃すわけにはいかん。ひっ捕まえろ！
次郎　兄上！
玄久郎　そうは行くかよ！

錫杖《しゃくじょう》をふりかざして玄久郎に襲いかかる山法師達。玄久郎、猪を振り回して山法師達を薙ぎ倒すと、逃げ出す。
海尊、次郎、牛若の遺骸は消える。

×　　×　　×　　×

山法師達をまいて、一人走ってくる玄久郎。
と、彼の前に新たな僧が立ちはだかる。武蔵坊弁慶《むさしぼうべんけい》である。

弁慶　落ち着け、玄久郎殿。
玄久郎　弁慶か。（と、刀を向ける）
弁慶　だから落ち着け。お前と戦おうなんて思ってない。あれは事故だ。お前は悪くない。
玄久郎　え。
弁慶　牛若？　ありゃあ駄目だ。ろくでもない。あんな奴、死んで当然だ。お前が逃げ回ることはない。
玄久郎　……弁慶。
弁慶　海尊の馬鹿は俺が説得する。この武蔵坊弁慶を信じてくれ。
玄久郎　信じていいんだな。
弁慶　ああ！　友よ、さあ来い、我が胸に！

と両手を広げる弁慶。

玄久郎　弁慶ー！

と、刀を投げ捨て弁慶の胸に飛び込む。と、その玄久郎の顔面に拳を打ち込む弁慶。

玄久郎　はぐあ！

と、玄久郎、倒れる。その彼を踏みつける。

弁慶　遮那王牛若様殺しの下手人、奥華玄久郎国衡。この武蔵坊弁慶が召し捕ったあ!!（と、見得を切る）

玄久郎　お前、ひどい。

弁慶　お前が素直すぎるんだよ。

玄久郎　……俺をどうする。牛若の仇を取るか。

弁慶　それは、おぬしの父上が決めることだ。

玄久郎　なに。

弁慶　屋敷でおぬしを待っている。さあ、来い。

と、玄久郎を連れていく弁慶。

場所は、奥華の当主、奥華秀衡《おうがのひでひら》の屋敷になっている。

奥の座敷に秀衡が現れる。海尊と次郎もいる。配下の佐郷元治《さごうもとはる》も控えている。

元治　弁慶様、お見えになります。

秀衡　おう。

弁慶が玄久郎を押さえて入ってくる。

秀衡　待っていたぞ、玄久郎。
玄久郎　親父様。
秀衡　話は聞いている。とんでもないことをしでかしてくれたな。
次郎　兄上は悪くない。私を守ってくれたんです。
秀衡　黙れ、次郎。
次郎　でも悪いのは牛若殿だ。彼が漆黒の窟に火をつけると言うから止めようとして。
玄久郎　次郎、もういい。
次郎　兄上。
玄久郎　いいんだ。（秀衡に）こうなったらジタバタしない。俺をどうする。
秀衡　お前が殺した牛若殿が、この奥州奥華にとってどれだけ大事だったかわかっているか。
玄久郎　ああ。
秀衡　だったら言ってみろ。
玄久郎　え。
秀衡　ほら。
玄久郎　……なんか偉い人の息子？

次郎　源義朝《みなもとのよしとも》の息子。清和源氏の棟梁だった。
玄久郎　そうそう、げんじげんじ、……げんじ？

よくわかっていない玄久郎。業を煮やす秀衡。

秀衡　しっかりしろ、玄久郎。仮にもこの奥華の嫡男だろうが。
玄久郎　……ちゃくなん？
次郎　兄上ってことだってば。
玄久郎　ああ、ああ。でも、俺、妾腹《めかけばら》だし。
弁慶　そうなの？
玄久郎　うん。親父様、若い頃、相当やんちゃだったらしくて、あちこちで。
秀衡　いや、それはまあ。
玄久郎　大丈夫。奥華の家は次郎が守ってくれる。
次郎　それは違う。奥華の家は兄上が継ぐべきです。正妻とか妾とか関係ない。
玄久郎　いいって。俺、馬鹿だし。取り柄は喧嘩くらいだから。次郎のほうがよっぽどしっかりしてる。
次郎　そんな。父上、あなたからもはっきり言って下さい。
秀衡　うーん。まあ、それはおいおい。
弁慶　あー、そういうのはっきりしたほうがいいよ。

秀衡　そう？
弁慶　ああ、どの家も跡継ぎ問題だよ、もめるの。
秀衡　やっぱりなあ。
玄久郎　大丈夫、俺達仲いいもんな。な、次郎。
次郎　はい、兄上。
海尊　ちょっと待って。すごく話が逸れてる。今、何の話してますか。奥華の継承問題じゃないでしょ。牛若様殺害の処罰の話でしょう。
一同　ああ。
海尊　ああじゃない。サクサク話を進めましょう。

と、業を煮やした海尊が話を仕切り出す。

海尊　（玄久郎を見て）いいですか。今の世は、平氏の天下です。わかりますか、平氏、平清盛。この平氏が京の都をがっちり押さえてる。で、それに対抗したのが源氏。一度は戦に負けて、棟梁の義朝様は討ち死に。嫡男の頼朝様は伊豆に幽閉。で、その弟君の牛若様も平氏の追っ手から逃れるため、この北の果ての奥華の国にかくまわれた。ここまでいいかな。わかったかな。
玄久郎　うんうん。（とうなずくが目はガラス玉）
海尊　……目がガラス玉だよ。

玄久郎　うんうん。（うなずくがやはり目がガラス玉）
海尊　……だめだ、こりゃ。（気を取り直して話を進める）そしてついに頼朝様が挙兵された。打倒平氏の旗印の下、関東の豪族達が、彼のもとに集まっている。牛若様もまもなく出発されるご予定だった。
玄久郎　（突然、目に精気が戻る）合戦か！
秀衡　ああ。この秀衡も及ばずながら兵をお貸しする約束だ。
玄久郎　だったら俺も！　元治、馬の用意だ！
元治　玄久郎様。
玄久郎　戦なら俺の出番だ！　よおし！
秀衡　お前にも初陣を飾らせるつもりだった。だが、事態は変わった。
玄久郎　なんで！　おじけづいたか、親父様！
海尊　お前のせいだよ！
玄久郎　え。
海尊　え、じゃない。お前が、牛若様を、殺したんだろうが！
玄久郎　あ、そうか。（と、照れ笑い）
海尊　なんだ、その無邪気な笑顔は。もう、無駄に整った顔してんじゃないよ。
弁慶　海尊、落ち着け。
海尊　しかし。
秀衡　大丈夫。兵は出す。

海尊　だれが率いる。牛若様はいないんだぞ。
弁慶　いや、いる。
海尊　どこに。
弁慶　そこに。

と、弁慶、玄久郎を指す。

海尊　え。
玄久郎　俺？
秀衡　そうだ、お前だ。今日からお前が遮那王牛若。源氏の男として、平氏を倒せ。
海尊　いやいやいやいやいや。
次郎　父上、それはあまりに。
玄久郎　わかった、やるよ。
海尊　早いな。
玄久郎　俺は迷ったことはないんだ。合戦ならまかせろ。
海尊　安請け合いするんじゃない。お前、どういうことかわかってるのか。
玄久郎　その平氏とかをやっつけりゃいいんだろう。
海尊　そういう問題じゃない。兄上の頼朝様に会うんだぞ。お前が実の弟だと言い張るつもりか。

弁慶　いいんじゃないか。
海尊　弁慶。
弁慶　いいか海尊、京都鞍馬山で出家されていた牛若様を人知れず連れ出して、ここまでお連れしたのは、我ら山法師だ。つまり牛若様の顔を知っているのは、我らだけ。頼朝様も牛若様の顔は知らない。山法師を率いるわしら二人が口裏を合わせればきっとごまかせる。正直、あの牛若様の性格はひどかった。わがままで傲慢で気が弱いくせに見栄っ張りで。とても大将の器ではない。
玄久郎　その点、俺は馬鹿だが気立てはいい。
海尊　自分で言うな。
玄久郎　あるじに無礼だぞ、海尊。
海尊　いきなりその気だよ。
次郎　しかし、源頼朝殿はすごく目つきが悪くてすごく疑り深いと聞きます。大丈夫でしょうか。
秀衡　そのためにこれがある。元治。
元治　は。おい。

元治の命に、配下の武士が金塊を台車にのせて持ってくる。

海尊　金か……。

秀衡　ああ、そうだ。この奥華は黄金の国。軍資金にこの黄金をつける。目つきの悪い頼朝殿のその両の眼《まなこ》を、この黄金の輝きで眩ませてやるがいい。
海尊　……秀衡殿、なぜそこまで。
秀衡　この奥華の掟は他国と関わらず交わらず、ただこの国と民を護る。わしはこの奥州の独立を守りたいだけだ。平氏の世は長くない。源氏が天下を取った時、玄久郎が源氏にいてくれれば、この奥華の国と和平を結び共存共栄してくれる。
弁慶　わしらは秀衡様の財力と武力を借りて平氏を倒し源氏の世を作りたい。利害が一致したというわけだ。
海尊　……なるほど。そういうことならば。
秀衡　奥華と源氏、二つの一族の命運はお前の肩にかかっている。頼むぞ、玄久郎。いや遮那王牛若か。
玄久郎　うーん。（と、なんとなく気に入らない風）
秀衡　どうした。
玄久郎　なんか、違うのがいい。
秀衡　なに。
玄久郎　せっかく戦の大将になるんだ。玄久郎なんてガキの名前じゃない。もっとこう、侍みたいなかっこいい名前がいい。
秀衡　かっこいい？
次郎　兄上は元服したいと言ってるんです。

弁慶　だったら義経は。源九郎義経《みなもとのくろうよしつね》。

玄久郎　義経？

弁慶　牛若様が元服の時にと、考えておいた名前だ。

玄久郎　……義経か。うん、気に入った。

気合いを入れ直すと表情がきりりとなる玄久郎。いや、ここからは源九郎義経だ。

義経　親父様、黄金と兵士、有難く拝借致します。

元治　ご武運を、若様。

秀衡　源氏と奥華を繋ぐ礎《いしずえ》となる。それがお前の使命だ。忘れるなよ。

義経　は。次郎、奥華の事は頼んだぞ。

次郎　おまかせを。

義経　弁慶、海尊、あとに続け。源九郎義経、出陣だ！

剣を抜く義経。後ろに立つ弁慶と海尊。そして奥華の兵士達。

【第二景】

黄瀬川辺り。

源頼朝《みなもとのよりとも》の陣。

戦装束の頼朝が現れる。目つきが悪く神経質そうな男。そのあとから梶原景時《かじわらかげとき》が現れる。

景時　頼朝様！　我が軍の勝利です。平氏の軍を簡単に打ち払いましたぞ。
頼朝　よおし、よくやった、景時。このまま鎌倉に帰るぞ！
景時　な、なんでですか。この勢いで一気に京の都まで攻め込んで、にっくき平氏を討ち滅ぼしましょう。
頼朝　だめだ、帰る。
景時　なぜ。
頼朝　（懐から、似顔絵を出す。側室おかめの方の似顔絵だ）おかめえ～。会いたいよう、おかめ～。
景時　えー。女ですか。この好機に、女への未練ですか。
頼朝　未練だよ、悪い？　お前にわかるか、景時。わしの本妻、政子だよ。北条政子《ほうじょうまさこ》。

と、北条政子の姿が浮かび上がる。イメージである。

景時　ああ。

頼朝　怖いの。すっげー怖いの。今回の出陣前にね、「じゃ、行ってくるから」って声かけたの。

政子、煎餅のようなものを囓っている。

頼朝　なんか、ボリボリ食ってるから煎餅かなって思ったんだけど、よく見たら鉄の板だよ。

景時　え。

頼朝　鉄分が足りないからって、鉄板ボリボリ囓ってるの。わかる？　鋼《はがね》も噛み砕く奥さん持ってる男の気持ち。

景時　……それは、ご愁傷様です。

頼朝　今回の戦だって、負けたら食いちぎられるよ。必死だよ。そりゃ勝つよ、勝つけどね、憩いが欲しいの。普通の女に愛されたいの。だから、戻るの。おかめに会うの。（と、再び似顔絵をうっとりと見る）おかめ～。

景時　しかし、政子様にばれたら。

頼朝　ばれない。ばれてたまるか。ばれたら死ぬよ。わしののど笛、えぐりとられるよ。

政子、やすりで自分の歯をみがく。

頼朝　ばれた時は源氏が滅ぶ時だ。そう覚悟しろ、景時。

景時　ははっ！

と、イメージだと思っていた政子が、突然話しかける。

政子　何が源氏が滅ぶ時ですか、頼朝様。

頼朝　うわ！　政子！

頼朝、慌てて持っていたおかめの似顔絵を丸めると、景時の口に押し込む。苦しむ景時。
政子、彼らに近づく。その後ろから彼女の侍女達も現れる。

頼朝　お前、なぜここに。わしの心象風景だと思ってたのに。

政子　は？

頼朝　聞いてた？　今の話聞いてた？

政子　はあ？

頼朝　聞いてない？

政子　何を慌てておられる、殿。私は今、鎌倉から駆けつけたところ。

頼朝　あ、そう。

頼朝、景時と「大丈夫そうだな」と目配せする。

政子　なにかまずい話でも。
頼朝　いやいや、軍略の事だ。気にするな。
政子　そうですか。
頼朝　しかし、わざわざ来るまでもない。鎌倉に戻ると文《ふみ》を出したではないか。
政子　ええ、確かに。あれはとてもよい文でした。お前達。

侍女、政子に手紙を渡す。

政子　（手紙を広げる）今回の戦の子細をお書きのあと、最後に「戦に勝てたのも、すべてそなたへの気持ち故」
景時　おおー。（と、二人を冷やかす）
政子　「今はただ、そなたに会いたい。すぐに戻る」
景時　お熱い！　ごちそうさま！
政子　（続けて読む）「待っていろ、かめ」

頼朝と景時が凍りつく。

政子　この最後の言葉がどうもわからない。「待っていろ、かめ」……。

手紙を出す相手を間違ってしまったと仕草で語り合う頼朝と景時。

政子　……この「かめ」というのは、どなたの……。
頼朝　(大声で) よく噛め、ということだ!!
政子　はい?
頼朝　食べ物はよく噛んで、健康で待っていろ!　わしが言いたかったのはそういうこと!
ね、景時君!
景時　はい、殿!

と、政子、頼朝の首を摑む。

頼朝　政子、何を。
政子　「かめ」とおっしゃるから噛もうかと。あなたののど笛は、どんな噛み心地でしょうな。
頼朝　待て、落ち着け。誤解だ。

政子　おや、誤解ですか。では、この「かめ」は「よく噛め」ではないと。だとしたら、なんでしょう。この「かめ」は何の「かめ」でしょうね。

と、頼朝の首を掴む政子の手が強まる。
そこに、家臣の土肥実平《どいさねひら》が現れる。

実平　とのー、とのー！（政子と頼朝の様子を見て驚く）これは。
政子　大したことではありません。何の御用です、実平殿。
実平　それが、頼朝様の弟君と名乗る者が訪れております。
政子　弟？
頼朝　わかった。通せ、話を聞こう。な、政子。

頼朝から手を放す政子。

政子　ふん、命冥加《いのちみょうが》な。

と、義経、弁慶、海尊が現れる。

頼朝　そなたか。我が弟というのは。

義経　はい。その名も源九郎義経。平氏をぶっつぶすんでしょ。俺にまかせて。
実平　これ、頼朝様に向かってなんという口の利き方を。
義経　兄弟っすから。ね、兄上。

その態度に慌てる弁慶と海尊。

弁慶　九郎様、御自重を。
義経　気にするな、弁慶。親しき仲にも礼儀ありだ。
弁慶　だからそう言ってるんですよ。
義経　え？
海尊　あなたは黙ってて。

弁慶、一同を見る。

弁慶　拙僧は武蔵坊弁慶。
海尊　常陸坊海尊。
弁慶　我ら、平氏の政《まつりごと》を忌み、源氏の再興を願う者。御尊父源義朝様の御子《みこ》である義経様を鞍馬山から救い出し、奥州奥華にかくまってもろおておりました。
実平　奥州奥華？　あのみちのくのか。

政子　では奥華秀衡殿のもとに身を寄せていたと。
頼朝　確かに、父上が側室に生ませた子供は鞍馬寺に出家させたと聞いてはいたが。……奥華は平氏の次に厄介な相手だ。そこにかくまわれていたとなると……。
海尊　そちらが疑う気持ちはわかります。ですが、秀衡様は頼朝様との結びつきをより強くしたいと願うております。それが証拠に。

と、言うと義経の供の武士達が台車を押してくる。荷物には布がかかっている。
海尊が布を取ると、そこに金塊の山。息を呑む政子、実平、景時。

海尊　秀衡様からの軍資金にございます。
弁慶　さらにドン！

と、弁慶が錫杖を地に突いてシャリンと鳴らす。と、いずこからともなく現れる山法師の一群。

景時　むむ。（と、頼朝を守り、刀に手をかける）
弁慶　ご心配なさるな。此奴らは山法師。我らが同志。義経様が連れてきた兵とともに、源氏の力強い味方となりましょう。
海尊　資金と兵力。この二つを秀衡様は義経様に託された。すべては頼朝様のお力になりたいため。

弁慶　秀衡様の誠意、何卒お汲み下され。

頼朝　……なるほど。金と兵か。

政子　殿、これは得がたい味方かと。

うなずく実平と景時。

頼朝　なんか、胡散臭いなあ。

一同驚く。ただし義経は笑顔のまま。

頼朝　お膳立てが整いすぎてる。おぬし達、何か隠し事があるんじゃないか。

弁慶　何をおっしゃいます。我らの源氏への思いに二心《ふたごころ》なし。

海尊　いわんや、隠し事など滅相もない。

頼朝　そうかな？

義経　うわー、すごい嫌な目つき。やっぱわかっちゃった？　確かに隠してます。すっごく隠し事してます。

海尊　おい！

弁慶と海尊、義経を諫めようとする。が、義経、二人にかまわず話を続ける。

義経　さすが兄上、すべてお見通しっすね。負けました。ぜーんぶ白状します。

弁慶　九郎様、何を！

義経　おい。（と背後に声をかける）いいから来い。さあ。

と、奥からおずおずと若侍が姿を現す。その若侍の顔を見て驚く頼朝。

頼朝　（呟く）……かめ。

景時、はっとする。が幸い政子はその呟きには気づいていない。
頼朝の呟き通り、この若侍こそ頼朝の愛妾おかめの方が男装した姿であった。

義経　この者は我が従者。ですがご覧の通り、弱々しき風体。頼朝様のお目にかけては、我ら義経一党の強さが疑われると思いました。しかしさすがは源氏の棟梁、源頼朝様。この義経のごまかす心まで見抜かれるとはさすがです。

頼朝　お、おう。

義経　これで隠し事はございません。この上は、兄上と水入らずで、過去の事これからの事などお話し出来ますれば。

頼朝　え？
義経　兄上の苦難、すべてわかっております。ともに乗り越えましょう。すべてこの義経にお任せ下さい。語り合いましょう、水入らずで。

と、目配せする義経。察する頼朝。

頼朝　わかった。これからよろしく頼むぞ、義経。ともに源氏の世を打ち立てよう。
義経　は。

感嘆する政子、実平、景時。安堵する弁慶と海尊。

頼朝　皆の者、立ち去れ。わしは義経一党の陣屋に参る。しばらく戻らぬぞ。景時、政子を頼む。
景時　え。
頼朝　頼む。
景時　は。さ、参りましょう、政子様。
政子　でも。
景時　兄弟で積もる話もございましょう。ささ、あちらで。

頼朝に恨みがましい一瞥を投げると、政子を連れて立ち去る景時。続く実平、山法師達も金塊の載った荷車を引いてあとに続く。

義経、その様子を伺う。政子が去ったことを確認すると、頼朝に合図する。

義経　大丈夫。行っちゃいました。

おかめ、烏帽子を取り、まとめていた髪をほどくと、頼朝に微笑む。

おかめ　来ちゃった。
頼朝　おかめ！
おかめ　よりより！
頼朝　会いたかったぞ、おかめ！
おかめ　よりより！

二人激しく抱き合う。

頼朝　しかし、なぜここに。
おかめ　だって会いたかったんだもん。手紙もくれなかったし。
頼朝　あ、それはすまん。いろいろ手違いがあって。

おかめ　だから我慢出来なくて、私から会いに行こうって。よりより、義経様のこと、褒めてやって下さいね。山賊に襲われた私を助けてくれて。

頼朝　なに。

義経　奥州からこの黄瀬川目指して参る途中、おかめの方様が賊に襲われているのに出くわしました。何事もなくてよかった。

頼朝　賊はどうした。

義経　ご心配なく。すべて討ち滅ぼしてございます。

頼朝　ほう。

義経　源氏の兵をお任せ下されば、平氏一門も同様の目に。

頼朝　ふむ。

義経　おかめの方さまは我が従者ということにしています。この義経の陣屋に来ていただければ、いつでも会えるかと。

頼朝　なるほど。そのついでに軍略も行おうという魂胆か。

義経　兄上に許していただけるなら。

頼朝　ふん。山育ちの割りに抜け目のないことだ。考えておこう。さ、いくぞ、おかめ。

おかめ　はい。

と、二人、いそいそと去る。

残る義経、弁慶、海尊。顔を見合わせるとそれぞれハイタッチ。

三人　いえーい！
海尊　いやあ、うまく行きましたなあ。
義経　な、言った通りだったろ。
弁慶　頼朝殿を説得するには、黄金と兵力だけで充分だと思っていましたが。
義経　お前達、山法師のおかげだ。おかめの方が鎌倉を抜け出したと教えてくれたから、なんとか追いついて助けられた。
弁慶　我ら山法師、全国津々浦々にまで広がり忍んでおります。山があれば山法師がいると思って下され。
海尊　しかし、頼朝殿があれほどの女好きとよくわかりましたな。
義経　奥華の山で狩りをしてたおかげだよ。
海尊　狩り？
義経　狼ってのは用心深くてな、なかなかこっちの罠にひっかかからねえ。何事にも疑ってかかる。でもね、その狼がなぜかメス狼を囮にすると呆気ないくらいに姿を見せる。罠にかかる。頼朝の噂を聞いた時に奴らを思い出したのさ。
弁慶　頼朝が狼ですか。
義経　ああ、それもかなり性格の悪いな。でも、一度捕まえればこっちのもんだ。ああいう手合いを手なずけるのは慣れてるからな。

と、立ち去る義経。

弁慶　……聞いたか、海尊。頼朝を狼と一緒にしやがったぞ。
海尊　ああ。
弁慶　甘く見るなよ、海尊。あの男、馬鹿だけど馬鹿じゃない。
海尊　……そうかもしれんな。
弁慶　ああ。馬鹿だけど馬鹿じゃない。
海尊　あまり入れ込むなよ、弁慶。我らの使命を忘れるな。
弁慶　わかっているよ。しょせん神輿だ。

弁慶と海尊、腹に一物ある表情で義経が去った方を見やる。

【第三景】

奥華の国。漆黒の窟。
壁にびっしりと木乃伊が並んでいる。
奥華の一族先祖代々の木乃伊である。
くくりが率いる巫女達がいる。
秀衡と次郎がそれぞれ両端に座している。
歌い出すくくりと巫女達。

くくり・巫女達

たたえたまえ　えみしのち。（讃え給え　蝦夷の血）
ほこりたまえ　おうがのち。（誇り給え　奥華の地）
にゅうめつてんしょう　へんじょうりんね。（入滅転生　変成輪廻）
おうがあんらくこく　おうごんだいおうじょう。（奥華安楽国　黄金大往生）

と、中央から現れる一人の女性。黄泉津《よもつ》の方。奥華秀衡の妻であり、奥華の偉大な巫女《みこ》長《おさ》である。
手に錫杖を持ち、呪文のように祝詞《のりと》をあげる黄泉津の方。

黄泉津　とおつかむおやの　あらみたまにぎみたま　あめつちにしずめ　そのむくろ　とわのくがねとならん。（遠つ神祖の　荒魂和魂　天地に鎮め　その軀　永遠の黄金と成らん）

黄泉津とくくり達巫女、ともに祈る。

黄泉津・巫女達　入滅転生　変成輪廻　奥華安楽国　黄金大往生　入滅転生　変成輪廻。

黄泉津　奥華安楽国、黄金大往生！

気合いをこめて錫杖を鳴らす黄泉津。

巫女達、並んでいる木乃伊に手を突っ込むと、その中から黄金の延べ棒が現れる。

その黄金を、秀衡と次郎の前に並べる巫女達。

くくり　秀衡様。これを。

秀衡　ご苦労だった、黄泉津。

黄泉津　これが私の務めなれば。

秀衡　くくり、黄金を蔵に。

くくり　はい。お前達。

くくりと巫女達、黄金を持って立ち去る。

黄泉津　見ましたか、泰衡。これが奥華の黄金の秘密です。
次郎　……驚きました。
黄泉津　奥華の黄金は、この漆黒の窟に眠るご先祖様の木乃伊を変成《へんじょう》させたもの。
次郎　だから、ご先祖様の木乃伊を大切にしろと……。
黄泉津　ええ。この秘密を知るのは、奥華の当主となる者だけ。
次郎　え。
黄泉津　何を驚いているのです。あなたこそ、次の奥華の当主。
次郎　しかし、兄上は。
黄泉津　兄上？　あなたに兄上がいましたか。
次郎　玄久郎兄上です。
黄泉津　ああ、あれは奥華の本流ではない。
次郎　そんな。
黄泉津　秀衡様とこの黄泉津の子であるあなたこそ、奥華の正当な跡継ぎ。だからこそ、この黄金大往生の場に立ち会えたのです。
次郎　しかし……。
秀衡　まあ、そういうことだ。腹を決めろ、次郎。
黄泉津　泰衡！

秀衡　え。
黄泉津　次郎ではない、奥華泰衡《おうがのやすひら》！
次郎　次郎でいいのに。
黄泉津　や、す、ひ、ら！　あなたのせいですよ、秀衡様！
秀衡　わし？
黄泉津　あなたがこの子に次郎なんて幼名つけるから、いつまでも弟気分が抜けないんです。泰衡は本家の嫡男なのですよ。
秀衡　だって、玄久郎の次に生まれたから。あいつの母親にも悪いじゃないか。
黄泉津　それですよ、あなたのその八方美人なところ。それが危ないんです。玄久郎の母親は山のマタギの娘。なんでそんな者に奥華の当主が気を遣わなきゃならないんですか。
次郎　かあさま、そういう言い方は。
黄泉津　（次郎が止めるのを無視して）だいたいあの牛若だってそう。奥華を頼って来たところでさっさと追い払っておけばよかったものを。
秀衡　だって、かくまっておけば源氏に恩が売れるだろう。
黄泉津　それが八方美人だって言うの。源氏だろうが平氏だろうが、倭《やまと》の連中なんて誰も信用出来ない。奥華の国は倭とは関わらず交わらず、ただ己の国と民を護る。それが国長《くにおさ》の務め。そうでしょう。
秀衡　わかってます。よおく、わかってます。

そこにくくりが入ってくる。

くくり　御館様。十三《じゅうぞう》様がおいでになっています。

次郎　叔父上が。

秀衡　通せ。

と、奥華十三《おうがのじゅうぞう》が入ってくる。

十三　久しぶりだなあ、兄上。黄泉津の方もお元気そうで。

黄泉津　十三様も。

秀衡　どうした。珍しい。

十三　たまにはご先祖様に挨拶しないとな。

十三、安置された木乃伊を見ていく。

十三　……奥華の初代、じいさまの清衡《きよひら》。そして二代目、基衡《もとひら》父上。先代達も木乃伊となってしっかりと奥華を守ってくれている。三代目となった兄上にも、しっかりしてもらわないと。

秀衡　まかせてくれ。

と、巫女達が瓶子《へいし》を用意して入ってくる。

秀衡　ん？
十三　女達に頼んだ。ご先祖様の前で兄弟ゆっくり酒を酌み交わすのもいいだろう。
秀衡　ああ、そうだな。
十三　義姉上《あねうえ》達もご一緒に。
黄泉津　そうですね。

黄泉津は秀衡の横に座る。十三の横にはくくりが座る。秀衡と十三の間は少し離れている。秀衡は黄泉津が持つ瓶子から、十三はくくりが持つ瓶子から酒を受ける。後ろに控える巫女達。

秀衡　次郎……。
黄泉津　！（秀衡を睨みつける）
秀衡　（言い直す）泰衡、お前も。

と、次郎に自分の杯を回そうとするが。

十三　泰衡、来い。叔父の杯を受けろ。
次郎　はい。

次郎は十三の横に行く。くくりが持っていた瓶子を取り、十三自ら次郎に酒を注ぐ。
黄泉津は自分で酒を注ぐ。

秀衡　では、奥華一族の繁栄と奥州の平和を祈って。

秀衡が杯を掲げる。他の者も掲げる。一気に飲み干す秀衡。他の者も飲み干す。黄泉津、
秀衡に酒を注ぐ。

十三　ところで兄上、玄久郎を源氏のもとに送り込んだそうだな。
秀衡　ああ。

杯を飲み干す秀衡。黄泉津、また注ぐ。秀衡、酔ってきた風。

十三　何が狙いだ。
秀衡　……わしはただ奥華の独立を守りたいだけだ。玄久郎が頼朝の弟として食い込んでくれれば、源氏の奥州進出を阻止出来る。

十三　またまた。そんな綺麗事。
秀衡　……綺麗事？
黄泉津　腹を割って欲しいと申しておるのですよ、十三様は。

黄泉津、秀衡に酒を注ぐ。それを飲み干す秀衡。その表情どこか虚ろ。

秀衡　……この酒は回りが早いな。
黄泉津　そうですか？

黄泉津も飲み干す。が、平気な顔。

次郎　（父の様子を訝しみ）父上。（話しかけようとする）
くくり　泰衡様。（と、次郎を止める）
黄泉津　さあ、お話しなさい、あなたの企みをすべて。

黄泉津の口調、呪文の詠唱のようになっている。秀衡、薬を盛られたようにフラフラになっている。

秀衡　何を聞きたい。

黄泉津　あなたのすべて。
秀衡　わしか、わしのことか。この日の本の長《おさ》、奥華秀衡か。

秀衡の顔つき荒み、言葉遣いもふてぶてしくなっている。驚く次郎。

黄泉津　日の本？　秀衡様は奥州の長ではないのですか？
秀衡　ふん。こんな田舎に収まるわしだと思うか。奥華の兵と黄金を使い、わしは都に打って出る。
十三　京の都か。
秀衡　ああ、そうだ。先ほどの黄金も都に送る手筈になっている。黄金の力はすごいな。何人もの公家がわしを都の新しい長として迎えると約束してくれた。
黄泉津　この奥華は。奥州はどうなるのです。
秀衡　知ったことか！　玄久郎を使って平氏に源氏を討たせて、そのあとこのわしが源氏を滅ぼす。京の都はおろかこの日の本は、わしの物だ！

醜悪に高笑いする秀衡。その姿を醒めた目で見ている黄泉津、十三、くくりら巫女。
父親の変貌に驚いている次郎。

次郎　……父上、なんてことを。

黄泉津　よく見ておきなさい、泰衡。これがこの男の本性です。

秀衡、一瞬我に返る。

秀衡　わしは何を……。この酒か、この酒のせいか。黄泉津、貴様、何を飲ませた。
黄泉津　私も同じものを飲みました。酒のせいにしてはいけない。
秀衡　貴様は奥華の巫女。薬を用いるのはお手の物。薬に耐えることもな。
黄泉津　違うな。私はただの巫女ではない。
秀衡　では何だ。
黄泉津　我こそは奥華の巫女長《みこおさ》。この身を挺して奥華の掟を守ること、それが我が務め。
秀衡　黄泉津……。
黄泉津　奥華の国は倭に関わらず交わらず、ただ己の国と民を護る。その禁を破る者は国長《くにおさ》の器にあらず！
秀衡　（十三を見る）十三、貴様もぐるか。
十三　最近、金の流れがおかしいと、義姉上《あねうえ》から相談を受けてな。

十三と次郎は秀衡らとは別の瓶子から呑んでいたので、普通の状態。薬は黄泉津の瓶子にだけ入っていたのだ。

秀衡　はかったな、黄泉津。
黄泉津　私ではない。お前の罪をはかるのは、この漆黒の窟に眠る奥華の遠《とお》つ神祖《かむおや》。（と、錫杖を鳴らす）

と、幻影のように、過去奥州を守り戦い死んでいった蝦夷《えみし》の男達が浮かび上がる。その先頭に奥華清衡と基衡の霊の姿がある。

秀衡　（二人を見て）……おじさま、……父上。
黄泉津　奥華の祖を築いた初代清衡様、それを引き継ぎ収め上げた基衡様、お二方の御魂に問う。この愚かなる三代目の所業、お許しなさるか。
清衡の霊　……奥華の国は関わらず交わらず。
基衡の霊　……ただ己の国と民を護る。
黄泉津　では如何に！

錫杖を鳴らす黄泉津。
と、清衡と基衡、手で大きく×を作る。

秀衡　ええー。
黄泉津　秀衡殿、貴方の罪は極まった。

秀衡　だったらどうする。
黄泉津　泰衡、この男を斬りなさい。
次郎　え。
黄泉津　当主の器でない男を屠るのも、新たなる当主の務め。さあ。
くくり　泰衡様。

くくりが次郎に剣を差し出す。

次郎　かあさま、無理です。
秀衡　そうだ、無理だ、次郎。お前は優しい男だものな。父親を切れるわけがない。
黄泉津　無理ではない！（錫杖を鳴らす）

母の気迫に思わず剣を受け取る次郎。

秀衡　次郎、おのれは。

剣を抜く秀衡。だが、酒の毒のせいでどこか足もとが定まらない。

黄泉津　己の命を守るためなら、我が子にも剣を向けるか。本性見たり、奥華秀衡！

秀衡　てめえらが追い込んだんだろうが。どけ、次郎！
黄泉津　気合い見せんかい、泰衡！
次郎　うおおお！

黄泉津の言葉に背中を押されるように秀衡に向かう次郎。
秀衡、受けて立とうとするが、十三が背中を蹴る。秀衡の体勢が崩れ次郎の前につんのめる。必死な次郎は十三の行為に気づいていない。次郎の刃が秀衡を斬る。

秀衡　……次郎。

切なげに次郎を見る秀衡。その表情に耐えきれず、秀衡を何度も斬る次郎。

次郎　うお！　うお！　うおおお！

その斬撃に秀衡絶命。倒れる。
息が荒い次郎、呆然としている。その刀の血を布で拭うくくり。

くくり　お見事です、泰衡様。

黄泉津を見る次郎。優しく微笑む黄泉津。

黄泉津　（くくりに）その男の亡骸は木乃伊にします。

くくり　御意。

黄泉津　（秀衡の遺骸に）我欲に溺れた愚かなる三代目よ、せめて黄金となってこの国のためになりなさい。

目を上げて次郎に優しく微笑む黄泉津。

黄泉津　よくやりましたね、泰衡。

黄泉津に抱きつくと号泣する次郎。

次郎　うわあああ！

黄泉津　お前の行いは奥華のご先祖様も認めたもの。これでお前は立派な奥華の当主です。

優しく次郎を抱きしめる黄泉津。

くくりら巫女も黄泉津の言葉にうなずく。

黄泉津、次郎を抱きしめながらも目線を十三の方へ。事成りしと十三もうなずく。

【第四景】

一ノ谷。
平氏の兵達がいる。

平氏兵1　よいか。後ろは断崖絶壁。我らは前方の兵だけを倒せばよい。源氏の兵など恐るるに足らず！

兵士達　おう！

が、崖を駆け降りて現れる義経。

義経　そうはいかない！　源九郎義経、見参だ！

平氏兵1　な、なぜ、あの崖を⁉

義経　鹿が通れる道なら馬も通れる、ましてや馬鹿なら尚更だ。さあ、いくさ、やろうぜ‼

と、平氏に打ちかかっていく義経。戦いになる。途中から梶原景時が加わる。

景時　ご無事ですか、義経殿。
義経　景時のおっさんか。
景時　あなたは一軍の将ですぞ。なぜそうやって一人で突っ込んで行きなさる。
義経　だって楽しいじゃねえか！

と、兵を斬りまくる義経。

義経　強けりゃ勝つ、弱けりゃ負ける。こんなはっきりしてることはねえ。恨みっこ無しだ。思いっきりやりあおうぜ！

と、暴れ回る義経。

景時　やれやれ。この暴れ馬が。

と、景時も戦う。
平氏の兵、退く。
弁慶と海尊が現れる。

弁慶　九郎様、平氏どもは西に逃げております。

海尊　瀬戸内の海で我らを待ち構えていると。
義経　面白え。壇ノ浦で決戦だ！

一同、去る。

×　×　×　×

壇ノ浦。

海戦。義経、船を飛び渡り、平氏の兵を倒している。その勢いをかって源氏軍が優勢になる。

浜辺。一人の若い女性が現れる。静歌《しずか》である。大陸渡りの歌歌い。大陸風の衣服を纏い、アコースティックギターによく似た楽器を持っているが、これはこの世界では六絃《ろくしん》という。

戦いの無情を歌う静歌。

と、源氏から逃れてくる平氏の兵や女達。静歌を見つけて罵倒する。

兵1　またお前か。歌歌い！
女1　私達が滅んでいく歌ね！
女2　平氏の滅亡を祝ってるの！
兵2　早くどこかへ消えろ！
静歌　違う、私は……。

静歌が言葉を返そうとした時、源氏の兵達がわらわらと現れる。

源氏兵1　いたぞ、平氏の残党だ！

源氏兵2　男も女も逃がすんじゃない！

平氏の兵は源氏の兵に斬り殺される。女達は連れ去られる。静歌も逃げようとする。が、四、五人の源氏兵に囲まれてしまう。

源氏兵1　まだいたな。

源氏兵2　可愛い顔してるじゃねえか。

静歌　来るな！

抵抗するが、兵達に取り押さえられ六絃を奪われる。

源氏兵3　なんだ、これは。

静歌　触るな！　返せ！

六絃を乱暴に扱う兵達。絃《げん》の一本が切れてしまう。

静歌　あ！
源氏兵2　怒るな怒るな。
源氏兵3　それより楽しもうぜ。

静歌にからむ兵達。
と、そこに義経が登場。

義経　いいかげんにしろ、てめえら！

と、兵達を斬る。

源氏兵1　よ、義経様？
源氏兵2　なぜ……？

義経、気にせず、源氏兵を斬り殺す。

義経　大丈夫か。

と、静歌を助ける義経。

静歌　ありがとう。（義経の風体を見て）……源氏の侍？
義経　おう。源九郎義経だ。
静歌　九郎義経？　頼朝の弟の？
義経　おう。平氏の者か？
静歌　違う。歌歌いだ。大陸から貿易船でこの国に来た。
義経　歌歌いかあ。道理でな。いい歌歌うよなあ、あんた。（六絃《ろくしん》を拾い）妙な鳴り物だな。
　　　これ弾いてたのか。名前は？（と、六絃を渡す）
静歌　（受け取り）六絃。大陸の楽器だよ。
義経　違う、あんたの名前だ。
静歌　……静歌。
義経　静歌か。大陸から来たのか？
静歌　ああ。

と、生返事。六絃の絃が切れているのが気になっている静歌。それに気づく義経。

義経　絃が切れてるのか。

自分が腰につけていた巾着袋から弓弦《ゆみづる》を取り出す。

義経　これ。
静歌　え。
義経　弓弦だ。これ、代わりに使えよ。ほら。

屈託のない表情で弓弦を差し出す。
その表情に徐々に警戒を緩める静歌。

静歌　……ありがとう。（と、受け取ると絃を付け替え始める）

と、弁慶と海尊が追ってくる。

弁慶　九郎様、こんな所に。
海尊　（兵の死骸に気づき）これは梶原景時様の配下の……。
義経　あ、それは俺が斬った。
海尊　なぜ？
義経　だって、こいつを襲ってたんだ。（と静歌を指す）
海尊　誰です。

義経　静歌。大陸渡りの歌歌いだ。すげえぞ、こいつの歌。俺は聞いてるだけで、なんかこう、まっずい山葡萄食ってるような気分がした。

弁慶　たとえがわからない。しかも褒めてる感じがしない。

義経　お前らも食ってみろよ、まっずい山葡萄。こう口の中が酸っぱくなって胸が締めつけられて。

海尊　でも、平氏の一味でしょう。敗者の女は好きにしていいのは戦場《いくさば》の決まり事です。

義経　そんな決まり事、面白くねえよ。

海尊　九郎様。

義経　戦は楽しいが、勝ったほうがなんでもかんでも好きにしていいわけじゃねえ。なんか腹に苦いもんがたまってやりきれねえ。皆殺しってのは気持ちよくねえよ。

弁慶　気持ちよくなくても決まり事は決まり事。景時様に知られたら面倒ですぞ。

義経　大丈夫。景時だって、こいつの歌を聞けばきっとわかってくれる。酸っぱい気持ちが腹の苦いもん流してくれるからな。

静歌　ちょっと待って。あんたら侍に歌う歌はないよ。

義経　おい。

静歌　私が歌うのは、戦の犠牲になった民達にだ。侍にじゃない。

義経　……歌はいいのに、お前はつまんないなえ。

静歌

義経　お前は歌う時に相手を決めるのか。さっきの歌も民達にだけ歌ったのか。でも俺にも

静歌　聞こえたぞ。侍の俺にも。そして、胸が苦しくなった。まっずい山葡萄食った時みたいに切なくなった。あれは死人《しびと》を送る歌だよな。
義経　……なぜ、わかった。
静歌　似たような響きを聞いたことがある。山で、狼が仲間が死んだ時に吠える遠吠えだ。なんかあれに似てた。
義経　……。
静歌　俺に歌うのが嫌なら、それでもいい。だったら、こいつらに歌ってやってくれ。

と、死んだ侍達を指す。

義経　お前を襲おうとした相手だ。気に入らねえかもしれねえが、どうやら俺は殺しちゃいけねえ相手を斬っちまったらしい。だったらせめて、こいつらに手向《たむ》けの歌を歌ってやってくれねえか。
弁慶　……九郎様。
静歌　……。

静歌、おもむろに六絃を弾き始める。
死者を冥界に送る歌だ。
しみじみと聞き入る義経。弁慶と海尊もその歌声に聞き入る。

海尊　……確かにこれは。
義経　だろう。（と、言う顔が酸っぱそうになっている）
弁慶　沁みますな。（と、こちらも酸っぱそうな顔になっている）

と、辺りの様子が変わってくる。
空気が冷え、異様な雰囲気に。
と、血まみれの秀衡が姿を現す。
驚く義経、弁慶、海尊。静歌も驚いて歌をやめる。

義経　親父様⁉
秀衡　玄久郎か。
海尊　秀衡殿がなぜここに。
弁慶　いや、あれは。
義経　何ですか、その姿は。
秀衡　やられちゃったよ、玄久郎。
義経　やられた？
秀衡　ああ、わしの妻と弟に謀《はか》られた。
義経　黄泉津の方と十三叔父ですか。

秀衡　ああ、妙な薬を飲まされて。だがな、実際に手を下したのは、実の息子だ。
義経　息子。え？　俺？
秀衡　違う。次郎だ。次郎泰衡。
義経　次郎が⁉　嘘だ！　次郎がそんなことするわけがない！
秀衡　頼む。仇を。父の無念を晴らしてくれ。頼んだぞ、玄久郎。

そう言うと消え去る秀衡。

義経　待て、待ってくれ。見たか、弁慶、海尊。
弁慶　ええ、我々も。
海尊　確かにこの目で……。
義経　死んだのか、親父様は。しかも次郎が殺したなんて。
弁慶　落ち着かれよ、九郎様。
義経　帰るぞ、奥華に。
海尊　そう慌てずに。
義経　うるさい。
海尊　まずは奥華に使いを出しましょう。秀衡様のご安否を確かめましょう。
義経　そんな悠長なことやってられるか。何が起こったかこの目で確かめる。
静歌　……あれは死人《しびと》の霊だ。それは間違いない。

義経　ほら見ろ。
弁慶　お前の歌は死者を呼び戻すのか。
静歌　違う。こんなこと初めてだ……。

と、静歌は義経からもらった絃代わりの弓弦を見る。

海尊　九郎様、落ち着いて。平氏を倒したこの時に、勝手に奥華に戻っては、頼朝殿があらぬ疑いをかけるかもしれない。せっかく義経として武功をあげたのです。今は頼朝殿の信用をかためる時。
義経　そんなこと知ったことか。俺は帰る。帰るったら帰る。決めたら動く。迷ったりしない。それが俺だ。（静歌に）お前も来てくれ。お前の歌が父上に会わせてくれた。また歌って欲しい。
静歌　でも……。
義経　頼む。
静歌　……わかった。私も何が起きたか知りたい。
義経　ありがとう。

静歌の手を取る義経。彼女を誘い走り去る。

海尊　……亡霊とは。
弁慶　やはり奥華の民は、我らよりこの世ならざる者に近しいな。
海尊　どうする。
弁慶　そろそろ頃合いだな。都からも文が来た。
海尊　朝廷仏閣連合の方々からか。

弁慶、懐から手紙を出す。同時に手紙の送り主の炎上院《えんじょういん》、鈍覚大僧正《どんかくだいそうじょう》、通風権僧正《つうふうごんのそうじょう》の姿が浮かび上がる。

鈍覚　知らせは受けたぞ、弁慶。奥華秀衡が実の息子に殺されたとな。
通風　いかにもみちのくの邪教の徒らしい最期よ。
炎上院　しかし、恐れるな弁慶。邪教は我らの力で封じ込める。
鈍覚　我らは都の徳高き僧、この朝廷仏閣連合の力侮るな。
通風　お前達はかねての手筈通りに。
炎上院　頼朝も奥華も、侍どもにこの国は渡さぬ。
鈍覚　日の本の柱はこの京の都。その重さ、いずれ思い知る。
炎上院　この炎上院。
鈍覚　鈍覚大僧正。
通風　通風権僧正。

炎上院　我ら朝廷仏閣連合の恐ろしさをね。
三人　うは、うは、うはは。

高らかに笑う途中で弁慶、手紙を握りつぶす。

三人　あ。

闇に消える三人。

海尊　……いよいよか。
弁慶　怯むな、海尊。時が来たということだ。行くぞ。

海尊と弁慶は義経のあとを追って去る。
と、物陰から景時が現れる。
自分の配下の侍の亡骸に手を合わせると、義経達が去った方を思惑ありげに見送る。

【第五景】

奥華の国。漆黒の窟。
秀衡の葬儀が行われている。
中央に秀衡の木乃伊がある。金の布で着飾られている。後ろには大きな肖像画。秀衡の遺影である。
黄泉津の方、次郎、十三、くくりの他、巫女や奥華の武士が並んでいる。

次郎　先の当主奥華秀衡様、その御身《おんみ》から邪念と水気を飛ばし見事即身仏となられた。これより秀衡様のご葬儀を執り行う。

黄泉津　秀衡様を悼み祭り葬らん。その御魂、この奥華の新たなる守護神となれ。

錫杖を鳴らす黄泉津。
と、そこに義経と佐郷元治がもみ合いながら入ってくる。そのあとに弁慶、海尊と静歌が続く。

元治　なりません、なりませんぞ。

義経　どけ、元治。俺は義母上《ははうえ》に話があるんだ。
次郎　兄上！
黄泉津　どうしました、元治。
元治　申し訳ありません。玄久郎様がどうしても奥方様にお目にかかりたいと。
義経　親父様の葬儀なら俺も出る。なぜ、止められなきゃならねえ。
黄泉津　……玄久郎か。下がりなさい元治。皆の者も。葬儀は改めて執り行う。くくり。
くくり　は。さ、行きましょう。元治様も。
元治　……は。

くくり、一同と元治を促す。立ち去る人々。
義経を凝視する次郎。
木乃伊に近づく義経。

義経　……親父様。（と目を閉じ死者を悼むと）なぜ、知らせをくれなかった。次郎。
次郎　……泰衡だ。
義経　え。
次郎　今の私は、奥華泰衡。この奥華の国の新しき当主。泰衡と呼んでいただきたい。
義経　……お前、どうした。目がすわってるぞ。
次郎　そんなことはない。

義経　……親父様はなぜ死なれた。
次郎　……それは。
十三　急な病だ。心の臓だな、あれは。
義経　これはこれは。十三叔父上。
十三　人の寿命とはわからぬものだなあ。こわいこわい。
義経　義母上《ははうえ》もそうお思いか。
黄泉津　無理に「ははうえ」と呼ぶことはない。黄泉津で結構。
義経　もはや俺を子とは思わぬと。いや、初めからか。
黄泉津　そう斜に構えるな。そなたの好きに呼べばよいと言うておるだけのこと。泰衡様が知らせを出さなかったのは、そなたにはそなたの務めがあるから。それは亡き秀衡様もお望みだったことのはず。そなたが今、奥華に戻ってくることは、故人も喜んではいない。
義経　それはどうかな。
黄泉津　ほう。
義経　俺の前に父上の亡霊が現れた。
次郎　（動揺する）ち、父上が……。
黄泉津　泰衡様。
次郎　父上が何を、何を言った……。
義経　それはお前がわかってるんじゃないのか。

次郎　言え！　父上が何を言った！
義経　（切なげに次郎を見る）……苦しんでるのか。
黄泉津　泰衡様。

と、次郎を引き寄せる黄泉津。

次郎　かあさま。
義経　ごまかすつもりか、黄泉津の方。
十三　いい加減にしろ、玄久郎。
義経　だったら、言ってやる。親父様は、あんたと叔父上にはめられたと言ってた。しかも、殺したのは次郎だと。
次郎　！
黄泉津　落ち着いて。そのような戯れ言に耳を貸すことはない。（と、次郎の手を取る）
義経　信じられないか。だったら自分の目で見ればいい。静歌、頼む。歌ってくれ。
静歌　え。
義経　こいつの歌はすげえぞ。俺の心をまっずい山葡萄にして、死んだ親父様を冥界から呼び戻す。大陸渡りの歌歌いだ。
黄泉津　……なるほど。大陸の術者か。
義経　（静歌に）さあ。

静歌　……ごめん、無理。
義経　え。
静歌　怖い。（と、黄泉津を指す）
　　　　黄泉津、もの凄い眼光で静歌を睨みつけている。
静歌　顔が怖い。あの顔が怖すぎて歌えない。
黄泉津　どうされた。具合でも悪いか。
義経　あんたがガンつけてるからですよ。
　　　　と、静歌に近寄る十三。
十三　なかなか面白い鳴り物をお持ちですな。
　　　　と、刀を抜く十三。静歌の六絃の絃が斬られる。
静歌　きゃあ！
義経　静歌！（十三に）てめえ。
静歌　私は大丈夫。

義経　でも絃が。
十三　すまんすまん。
黄泉津　だが、これでは歌えぬなあ。

義経、次郎を見る。

義経　……次郎、父上の木乃伊の前で己の潔白を誓えるか。
次郎　……。
義経　……俺はお前の口から聞きたいんだ。

心が動く次郎。

黄泉津　しつこい！

と、錫杖を鳴らす。ハッとする次郎。

黄泉津　秀衡様は、心の臓の病で亡くなられた。それはまごうことなき事実。そなたが見たという亡霊はおそらく悪い霊にでもたばかられたのでしょう。
義経　どうでもしらばくれるつもりか。

黄泉津　しつこいと言うに。

弁慶、海尊と目配せする。と、弁慶がいきなり錫杖を鳴らして叫ぶ。

弁慶　山法師！

山法師達がどっと入ってくる。

十三　なに⁉

黄泉津　どこから⁉

弁慶　人知れず山を渡るなど、山法師にはたやすいことだ。たとえ奥華の兵だろうと出し抜ける。

次郎　だまし討ちか、兄上！

義経　違う。俺は知らん。なんのつもりだ、弁慶。

弁慶　こういうつもりだよ。

と、弁慶、錫杖から仕込み刀を引き抜いて義経を斬る。

義経　え？

弁慶　お前の役目はここで終わりだ。
義経　ちょっと待て、弁慶。
戸惑っている義経。だが、海尊も同様に錫杖の仕込み刀で義経を斬る。
義経　海尊、お前まで。
海尊　時が来たということです。
義経、刀を抜く。が、初手で弁慶に斬られた傷が重く、身体が思うように動かない。
静歌　九郎！
次郎　兄上！
次郎、加勢しようとするが、黄泉津と十三が止める。周りを山法師に囲まれているのだ。
義経、弁慶と海尊に斬られる。
義経　……ここで死ぬの？　俺が？
弁慶　そういうことだ。
義経　なぜ？

弁慶　だから、お前は素直すぎるんだよ。

と、とどめの斬撃。

義経　えー。

義経倒れる。絶命。

静歌　九郎！　弁慶さん、なぜ⁉
弁慶　とんでもないことをしでかしましたなあ、黄泉津殿。
黄泉津　なに。
弁慶　源頼朝公の弟、九郎義経様をだまし討ちにしたとは、奥華の国は源氏に対して戦を仕掛けたと思われても致し方ないでしょう。
次郎　何を言う。兄上を殺したのは貴様ではないか！
海尊　いや、殺したのは奥華の兵。そうだな。

山法師達が「おう」とうなずく。

弁慶　義経様のもとで平氏討伐に働いた我々と、そなた達みちのくの蛮族。さて、源頼朝公

黄泉津　はどちらの言うことを信じますか。

弁慶　……玄久郎を殺して、源氏と奥華の戦を引き起こす。それが狙いか。なぜ。

十三　御仏は武家がこの国を治めるのを望まない。

黄泉津　都か。おぬしら、都の走狗だったか。

海尊　……だから、おぬしらなど国に入れるなと。

弁慶　後悔などする時間はないかと。源氏はすぐに動きますぞ。

では、ごめん。

弁慶と海尊、山法師、立ち去る。

次郎　（動揺している）かあさま、どうすれば。

黄泉津　落ち着きなさい。こうなれば戦に備えるしかない。十三殿、一族への知らせをよろしく。

十三　とんだことになっちまったな。（静歌を見て）この娘は。

黄泉津　ただの歌歌いです。放っておきなさい。

黄泉津と十三、立ち去る。

静歌、義経の遺骸のそばに佇んでいる。

次郎、立ち去りかけるが、振り返りその二人を見る。

静歌、絃の切れた六絃を摑む。

——第一幕・幕——

―第二幕―　偽義経　後悔に塞ぐ

【第六景】

どこともしれぬ場所。
霧がかかっている。
その霧を分けて姿を見せる義経。

義経　……どこだ、ここは。

と、スタスタと秀衡が現れる。

義経　……親父様。

秀衡、義経の頭を思い切り叩く。

義経　あた！　なにすんだよ！
秀衡　馬鹿か、お前は！　仇討ちを頼んだのに、自分が殺されてどうする！（と、また叩く）
義経　ご、ごめんなさい。

と、そこに干殻火が止めに入る。

干殻火　まあまあ、御館様。そこまでそこまで。

義経　干殻火さん。

干殻火　玄久郎坊っちゃまもお元気でって、元気なわきゃないか。わしらみんな、おっちんでますもんなあ。

義経　そりゃそうだ。

義経、干殻火、秀衡、笑い合うが。

秀衡　（我に返り）って笑ってる場合か。どうすんだよ、仇討ちは。

そこに清衡と基衡も現れる。

清衡　まあそう言うな、秀衡。

基衡　玄久郎も好きでここに来たわけじゃない。信じていた者にはめられたという意味じゃ、お前と同じじゃないか。

義経　そうそう。

秀衡　おじじ様も父上も好きなことを。黄泉津の言葉に乗っかって、わしの命を取れって言ったのはあんた達でしょうが。
清衡　いやいやいや、あれはしょうがないよ。
基衡　黄泉津怖いし。逆らえない。
義経　あの、あなた達、ひょっとして。
清衡　おう、玄久郎。やっと会えたのう。清衡じゃ。
基衡　しかし、あまり早く会えるのもいかがなものだけどな。そなたの祖父の基衡だ。
義経　では、ひいじいさまとおじじ様ですか。でも、親父様よりお若い。
清衡　この冥界では、死んだ時の年格好になるからな。
義経　冥界？　ここはあの世ですか。
清衡　いやいや。ここはまあ、言ってみれば待合所のようなものだ。あれを見ろ。

と、彼らの背後にたくさんの奥華の侍の姿が現れる。

義経　あれは。
清衡　わしらのもっともっとご先祖様だ。
基衡　奥華の血筋の者は木乃伊にされ漆黒の窟に奉じられる。その時、その魂はこの冥界に残る。昇天までの間、好きなことをして過ごせばいい。こうやってな。

と、筋トレをしている基衡。

義経　魂なのに身体作りですか。
基衡　人は八十になろうが魂になろうが、鍛えれば筋肉はつく。要は気持ちの問題だ。

と、後ろにいた侍の二人ほどが悲鳴を上げる。光に包まれ白煙を上げて消える。

干殻火　おお、昇天なされた。なまんだーなまんだー。
清衡・基衡・秀衡　なまんだーなまんだー。

と、祈る四人。

清衡　（怪訝そうな義経に）己の木乃伊が黄金に変成《へんじょう》した時、その魂は昇天する。
秀衡　あの方達の木乃伊が今、金に変わったのだ。
義経　……じゃあ、奥華の黄金はご先祖様の木乃伊が。
基衡　奥華に生まれた者にとって、己の肉体が黄金に変わって子孫の役に立てることこそ、最大の誇りだ。
義経　干殻火さんは？　木乃伊になってたっけ？
干殻火　わしは生前から水ッ気がなかったから、死んだら自然にここに。生きた木乃伊みたいなもんですだ。
義経　そうか。さすがは木乃伊守の干殻火さん。
干殻火　おう、わしは生きても死んでも木乃伊一筋の干殻火さんですだ。

などと話している義経に向かって思いっきり走ってくる一人の男。その勢いをかって義経にドロップキックを決める。遮那王牛若だ。

牛若　うおりゃああ!!

すっ飛ぶ義経。起き上がると。

義経　てめえ、牛若。
牛若　よくも殺してくれたな、玄久郎。しかも俺になりすますとは、いい了見だ。
義経　なんでそれ知ってる。
牛若　ここからでも現世の様子はわかるんだよ。弁慶にまんまと騙されやがって。ざまねえなあ。
義経　うるせえ。だいたいてめえに人望がなさすぎるから、そういう羽目になったんじゃねえか。
牛若　上等だ。今度は俺がぶっ殺してやる!

と、襲いかかる牛若。相手になる義経。

干殻火　そいつはわしを斬った男。かまうこたねえ、ぶちのめしてくだせえ、坊っちゃま！
義経　おう、まかせろ。
牛若　なんだと。

戦う二人。が、秀衡が間に入る。

秀衡　だめだめ、やめろ。

秀衡が義経をおさえ、清衡と基衡が牛若をおさえる。二人を引き離す。

義経　だいたいなんで、奥華の血筋でもないそいつがここにいるんだよ。
秀衡　牛若殿も木乃伊にしたんだよ。なんか不憫で。
清衡　しかも漆黒の窟で死んだし、いろいろ条件が揃ってしまってな。

と、牛若を縛り上げ拘束具をつける二人。

基衡　冥界に来てしばらく暴れてて、こうしてたんだけどな。最近ようやく大人しくなったから、縛《いまし》めを解いたんだが。

秀衡　お前の顔見て、また興奮したらしいな。(干殻火に) 反省室だ。

干殻火　へい!

と、干殻火と先祖の侍達が、人一人入るくらいの縦長の箱を運んでくる。扉を開けると中は鏡張り。

牛若　放せ! てめえら!

干殻火　おとなしくしろ!

と、もがく牛若を中に入れる。

牛若　よせ、やめろー、ばかー。

扉が閉められると、中の牛若もおとなしくなる。

義経　……反省室?

秀衡　中は鏡張りだ。合わせ鏡の無間地獄の中で己の姿を見て反省しろというわけだ。

清衡　今のわしらを戒められるのは、自分自身しかないのだよ。
義経　そうなんだ。
基衡　しかし、秀衡、お前もお前だ。
秀衡　え。
基衡　黄泉津への恨みを息子に晴らしてもらおうとしてただろう。
秀衡　あ、ばれました。
清衡　そういうことをするから、義経も早死にする羽目になるんだ。ここでは心穏やかに過ごせ。
基衡　お前達、もっと筋肉をつけろ。筋肉はいいぞ。筋肉は裏切らない。（と、筋トレしながら言う）
義経　でも、奥華、やばいっすよ。このままだと源氏が攻めてくる。
秀衡　だからわしが生きていれば。
清衡　逸るな、秀衡。冥界の我らには何も出来んよ。
義経　そんな……。

と、義経を光が包む。

義経　え？

と、酸っぱそうな表情になる義経。
彼の変調に周りも気づく。

秀衡　どうした、玄久郎。
干殻火　まさか、もう昇天を。

義経の周りを白煙が包む。

義経　うわあああ！

義経の叫びと共に暗闇が辺りを包む。

【第七景】

奥華の国。
現れる次郎。元治が反対側から現れる。

元治　泰衡様。源氏の軍が国境《くにざかい》を越えました。
次郎　聞いている。国境守備の強者《つわもの》達が……。
元治　源氏の兵達、侮れませぬ。一国の長として、覚悟をお決め下さい。
次郎　元治は戦の仕度を。くれぐれも怠るな。

と言うと歩き出す次郎。

元治　どちらへ。
次郎　漆黒の窟だ。
元治　窟？
次郎　戦の前に兄上の顔がみたい。それだけだ。

窟へ行く次郎。元治、その背中を見送ると逆方向に駆け去る。

×　　×　　×　　×

漆黒の窟。
木乃伊達が並んでいる。中央に棺がある。
義経の遺体が、木乃伊化されて収められている。
その前に立つ静歌。六絃を持って義経の棺を見つめている。そこに入ってくる次郎。

次郎　まだいたのか。
静歌　……。
次郎　(静歌の視線に気づき) 兄上の棺だ。中には兄上の木乃伊が眠っている。
静歌　……なんだったんだろうな、この男は。
次郎　……まったくな。……兄上のことが好きだったのか。
静歌　……そんなんじゃない。……でも、そうだったのかな。
次郎　え。
静歌　私の歌をあんな風に喜んでくれた人は初めてだった。
次郎　あんな風に？
静歌　まっずい山葡萄食べた感じだって。おかしいよね。

その表現に玄久郎らしさを感じ切なくなるが、あえて表情には出さない次郎。

次郎　源氏の兵が国境《くにざかい》を越えた。この奥泉の都もまもなく戦になるぞ。早く去れ。

と、静歌、六絃の調弦を始める。

次郎　おい。
静歌　一曲歌ったら。歌ったら消えるから。
次郎　兄上のために？
静歌　九郎と、これから死んでいく奥華の人々のために。
次郎　……それ、絃、張り直したのか。
静歌　九郎の弓弦をもらった。彼の亡骸から。
次郎　……。

静歌が歌い始める。
次郎ももう止めない。聞き入っている。
と、異変が起こる。
地鳴りが起き、漆黒の窟がゆれる。
奇妙な光が辺りを包み、白い霧が立ちこめる。その光と霧から、義経が転がり出る。

義経　うわあああ！

次郎と静歌、驚く。義経も驚く。

次郎　兄上！
静歌　九郎！
義経　お前ら！　ここは⁉
次郎　で、出たな、怨霊！（と、刀を抜く）
義経　え。
次郎　お前を斬ったのは弁慶だ。我らを恨むのはお門違い。去れ！

と打ちかかる次郎。

義経　おい、待て。

と、その剣を摑むと奪い取る。素手で剣を摑まれたことに驚く次郎。当の義経も驚く。

義経　え？
次郎　……剣が効かない。怨霊め……。

義経　待て、次郎。俺だ。玄久郎だ。
静歌　（次郎に）落ち着いて。確かに霊じゃない。この人、生きてる。いや、生きてないけど生きてる。
次郎　なに？　どういうことだ。（と義経に聞く）
義経　いや、俺に聞かれても。さっきまで冥界にいたんだ。親父様達と。
次郎　父上と。
義経　それだけじゃねえ。じいさんにひいじいさん。（ハッとして静歌を見る）お前か。お前の歌か。
静歌　……多分。

義経、静歌の手を取る。

義経　すげえなあ。お前の歌で冥界から戻って来られた。やっぱ、お前、本物だ。
静歌　……多分この絃のおかげだ。この絃、九郎の弓弦だよ。
義経　え？
次郎　……奥華の弓弦は自分の髪の毛も織り込む。己の魂で狙う相手の魂を昇天させるために。
静歌　じゃ、これも。
次郎　そう。その弓弦には兄上の髪と魂が織り込まれている。それが影響してるんじゃ……。

静歌　なるほど。そういうことか。
義経　なるほど。そういうことかあ。（とうなずく目玉はガラス玉）
静歌　目がガラス玉だよ。
次郎　わかってないでしょ。
義経　わかってますよ。そんなことより、戦はどうなった。
次郎　え。
義経　源氏の兵はどうしてる。攻めて来てるのか。
次郎　国境《くにざかい》が破られた。
義経　やべえじゃねえか。黄泉津の方に会わせろ。
次郎　なぜ。
義経　俺が兵の指揮をする。源氏のことなら俺が一番よく知ってる。
次郎　しかし……。
義経　館にいるんだろう。

勝手に走り出す義経。

次郎　おい、待て。

あとを追う次郎。静歌も続く。

×　　×　　×　　×

奥華の国。国境辺り。
源頼朝がいる。頼朝の横には若武者に変装したおかめの方。そこに駆けつける梶原景時。

景時　頼朝様。奥華の国境《くにざかい》の兵を打ち払いました。源氏軍の圧勝です。
頼朝　よし。実平は。
景時　何やら策があると手の者を連れて奥泉の都に。（と、おかめの方に気づく）そこにいるのはおかめの方。
おかめ　はい。
景時　な、なぜここに。
おかめ　この姿なら怪しまれないでしょ。ねえ、よりより。
頼朝　うんうん。
おかめ　なにせ、ここにはこわーい政子様もいませんし。
頼朝　そうとも。こんなみちのくまで、あの政子が来るわけがない。
おかめ　ないない。
二人　はははは。

と、そこに政子が侍女と共に現れる。

政子　ごきげんですね、頼朝様。
頼朝　お、お前は政子。

と、激しく慌てる頼朝、おかめ、景時。

頼朝　な、なんで、お前がここに。鎌倉で待っていろと言ったはずだが。
政子　奥華を滅ぼせば、源氏が日の本を統一する。そんな大事な戦の場に私がいなくてどうするのです。（おかめを見て）おや、その方は……。
頼朝　何でもない。戦の知らせを届けてくれた者だ。
政子　ほほう……。

おかめを睨みつけると、懐から鉄板を出してガリッと一口囓る政子。

政子　なんでもない、ねえ……。
頼朝　よし、戦だ。景時君。このまま一気に奥華の都を攻め滅ぼそうではないか。ようし、頑張るぞー。

と、浮ついた調子で景時を連れて立ち去る頼朝。
政子、おかめを睨みつけ、頼朝のあとに続く。

おかめもそのあとに続く。

× × × ×

奥泉。秀衡の館。今は黄泉津の館となっている。
黄泉津、くくり、十三がいる。

十三　国境守備軍《こっきょう》が易々と破れるとは……。参ったなあ。源頼朝、想像以上に手強いぜ。
黄泉津　しかし、我ら奥華も獣の如く山を駆け地を走る蝦夷《えみし》の末裔。兵の強さは劣りはしない。
十三　ありゃあ実戦の差だな。奴ら、平氏との戦で戦い慣れてる。奥州に引きこもっていたこちらは、初めての戦だ。この差は縮まらないよ。奥華は負けるぜ。
くくり　そんな。
黄泉津　それをなんとかするのが、奥華の本家の務めでしょう。
十三　悪いが俺には無理だ。自分の器はよくわかってる。その器量も人望もないよ。こんなことなら秀衡兄貴を生かしとくんだったなあ。
黄泉津　……。
十三　なあ、逃げねえか。俺とあんたで。幸い、黄金ならたんまりある。十三湊《とさみなと》なら大陸と交易してる。源氏の目の届かねえ大陸で、のんびり暮らそうぜ。

と、馴れ馴れしく黄泉津に近づく十三。その十三の顔を拳骨で殴る黄泉津。

黄泉津　この軟弱者！　何が「黄金ならある」だ！　あれはご先祖様の尊い御身。それを己の命惜しさに使えると思うか！　恥を知れ！

転がる十三。

黄泉津　消えろ！　貴様のような恥知らずは必要ない。奥華の都はこの黄泉津が守る。とっとと立ち去れ！

十三　ご、ごめんなさーい。

と、逃げ出す十三。呆れ返っている黄泉津。

黄泉津　まったく、奥華の男ときた日にはどいつもこいつも！　あー、もー、腹が立つ!!

激昂していた黄泉津、少し落ち着く。

黄泉津　（くくりに）……ごめん。みっともないとこ見せたわね。

くくり　黄泉津様は生真面目すぎるんです。いつも眉間に皺をよせて。

と、微笑むくくり。正座すると自分のももをポンポンと叩いて示す。

黄泉津　え。
くくり　たまには肩の力を抜いて、おくつろぎ下さい。
黄泉津　……でも。

微笑むくくり、もう一度自分のももをポンポンと叩いて示す。

黄泉津　……いいの、かな。
くくり　はい。（と、もう一度ももを叩く）
黄泉津　じゃ、少しだけ……。

と、黄泉津、おずおずと横になってくくりに膝枕してもらう。

黄泉津　ああー。（と、思わず、温泉に入った時のような声を出す）
くくり　（黄泉津の頭をなでながら）頑張りすぎなんですよ、黄泉津様は。
黄泉津　うん。
くくり　気持ちいいですか。
黄泉津　うん。

素直で柔らかい表情の黄泉津。穏やかに目をつぶっている。くくり、その黄泉津の身体を赤ん坊をあやすようにトントンと軽く叩いている。

黄泉津　少しだけ。少しだけだから……。

寝落ちしかかる黄泉津。
そこに駆け込んでくる義経。

義経　黄泉津の方ー！　黄泉津の方はいるかー！

続けて駆け込んでくる次郎と静歌。
跳ね起きる黄泉津。

黄泉津　うわわ！

狼狽しごまかそうとするあまり、くくりを蹴飛ばす。すっ飛ぶくくり。

黄泉津　な、な、何の騒ぎですかって、玄久郎⁉
義経　よ。（と、軽く挨拶を返す）

黄泉津　冥界から舞い戻ったか、この怨霊が！
義経　あ、それさっきも言われた。前半正しいけど後半が違う。
黄泉津　なに。
次郎　かあさま、落ち着いて。兄上は死んでるけど死んでない。魂だけど魂じゃない。
黄泉津　(静歌に)……またお前の仕業か、大陸の術者。
静歌　私はただの歌歌い。はぐれた魂にせめて光を与える、そんな歌を歌うだけだ。その歌が力を持つとすれば、多分、それはこの土地と人々のせい。そして、やっぱり、あなたの顔は怖い。

静歌を睨みつけている黄泉津。

くくり　黄泉津様、また眉間に皺が。
義経　なんで親父様を殺したとかいろいろ聞きたいことはあるが、それはあとだ。源氏が攻めて来てるんだろう。俺が兵を指揮する。
黄泉津　だめだ。いきなり生き返ったなど、お前はうさんくさすぎる。信用出来るか。

と、そこに元治が駆け込んでくる。

元治　黄泉津様、黄泉津様ー。大変です。十三様が謀反を！

黄泉津　なに。
次郎　十三叔父が寝返りを。
元治　源氏の兵を引き入れてこの屋敷に向かっております。（義経を見て）玄久郎様⁉
義経　おう。
元治　これはどういう……。
黄泉津　こちらのことはいい。そなたは女子どもを守って。
元治　は。

元治、怪訝ではあるが黄泉津の命に従い、奥に駆けていく。
そこに入ってくる十三と実平。そして源氏の兵。

十三　こちらです、実平様。
黄泉津　十三、おのれは。
十三　そんな顔をするな、黄泉津殿。俺は和議の仲立ちをしてやってるんだぜ。
実平　そちが黄泉津の方か。わしは土肥実平。源氏軍の奉行をしておる。おとなしく降伏して黄金をすべて引き渡せ。
黄泉津　なに。
実平　そなたの力で奥華の木乃伊が黄金と変わることはそこな十三殿から聞いた。その力、頼朝様に使おてくれれば、命だけは助けてやろう。

黄泉津　（十三に）そうか、貴様、以前から源氏と通じていたか。
十三　あんたが俺と逃げてくれりゃそれでもいいかと思っていたが、嫌なら仕方ない。頼朝軍に頭下げて命乞いするんだな。
黄泉津　おのれは……。クズの中のクズだな。
十三　そのクズに片棒担がせたのはあんただぜ。

と、その二人の間に割って入る義経。

義経　いやあ、さすがは十三叔父上、清々しいくらいのクズっぷりだな。
十三　お、お前、玄久郎。
義経　やっと気づいたか。久しぶりだなあ、叔父上。
十三　……お前、なんで。
実平　義経、そなたは死んだはずでは。
義経　はずなんだけどなあ。細かいことはよくわからねえ。ただ、はっきりしてるのは、俺がここにいる限り、お前らの勝手は許さねえってことだ。

と、剣を抜く。

実平　まあいい。ならばもう一度殺すまでだ。やれ。

と、襲いかかる源氏の兵。

義経　次郎、静歌を頼む。
次郎　え。
義経　そいつを守ってやってくれ。

戸惑いながらも、義経の言う通り静歌を守る次郎。義経、源氏の兵の中に躍り込む。
源氏の兵が斬りかかるが、義経には効かない。

義経　悪いな。効かないんだよ、あんたらの剣は。

と、義経、兵を一気に斬り倒す。

実平　ぬぬぬ。退け退けー。

と、退却する実平。

十三　あ、実平様。

と、あとを追って逃げようとする十三の前に立ちふさがる黄泉津。手に錫杖。

黄泉津　十三、貴様だけは逃がさん。

十三　どけ。

黄泉津　どかぬと言ったら。

十三　だったら、死ね！

黄泉津　なめるな！

と、錫杖で十三の刀を打ち落とす。

十三　え。

黄泉津　貴様など素手で充分。

錫杖を置くと、素手で十三にパンチ、肘打ち、膝蹴りと連続攻撃。最後は側頭部にハイキック。

十三　はぐあ！（と、吹っ飛ぶ）

くくり　黄泉津様。

と、十三が落とした刀を黄泉津に渡す。

黄泉津　奥華の恥め。その汚れた血、己の剣で雪《すす》いでやるわ！

と、十三に斬撃。よろめく十三。

十三　……（思い切り格好つけて）さすが、黄泉津の方だ。やっぱ、あんた、最高にいい……（「女だぜ」と言いかけるが）。

黄泉津　気色悪いんだよ！

と、黄泉津、猛烈な速さで斬撃を繰り返す。

十三　ふべべべべ！

黄泉津　とっとと死ね！

十三　……最後まで言わせてよ。

と言うと倒れる。絶命する十三。
彼女の刀の血を拭うくくり。刀を鞘に収める黄泉津。刀を十三の亡骸に放り投げる。

黄泉津　（息を吐き）……私もつくづく男を見る目がない。（くくりに）外の様子を。
くくり　は。（と、駆け去る）
黄泉津　（義経を見て）敵の剣は効かず、己の剣は相手を倒す。随分と都合のいい身体だな。さしずめ実体を持った魂と言ったところか。
義経　おう。都合がいいのは好都合じゃねえか。俺に兵をまかせろ。

くくりが血相変えて戻ってくる。

くくり　黄泉津様。兵士達が。
黄泉津　どうした。
くくり　十三の謀反に逃げ出した者、源氏の兵に倒された者達が多く、ろくに戦える者がおりません。
黄泉津　この肝心な時に兵がいないのか……。
次郎　そんな……。では、奥華はどうなるのです。
義経　心配すんな、次郎。兵ならいるぜ。
次郎　どこに。
義経　静歌、もう一度歌ってくれるか。
静歌　まさか、お前。

義経　この世に兵がいなくても、父上やじいさま、ひいじいさま、他にもたっぷりご先祖様がいる。俺と同じように冥界から引っ張り出せば、この奥華の国を守ってくれる。
黄泉津　お前、冥界の扉を開くつもりか。
義経　ああ、ずっと奥華を見守っていたご先祖様だ。これ以上心強い味方はいねえ。
黄泉津　待て、何が起こるかわからぬぞ。
義経　だったら、このまま源氏の好きにさせるのか。
黄泉津　しかし。
義経　早くしろ、俺は迷うのはきらいだ。
次郎　……かあさま、兄上に従おう。父上が蘇るなら、私も会いたい。
黄泉津　……泰衡。

迷う黄泉津。

義経　頼む、静歌。
静歌　……歌歌いは、歌を乞われたら断れない。いいんだな。
義経　ああ。

静歌、六絃を掲げ歌い始める。
その歌声は、奥華の国に、そして冥界にも広がっていく。

【第八景】

奥華の国。奥泉に向かって進軍している頼朝軍。源氏兵を率いる頼朝。景時、政子、若侍姿のおかめもいる。と、静歌の歌声が響いてくる。

頼朝　なんだ、この歌は。

そこに実平がほうほうの体《てい》で戻ってくる。

景時　実平殿。いかがでしたか、策の方は。
実平　それが、義経が生きております。
頼朝　なに。
実平　いや、生きているというか死んでいるというか……。
頼朝　なんだそれは。はっきりしろ。

と、雷鳴。白煙が辺りに立ちこめる。
その白煙の中から現れる奥華秀衡、基衡、清衡、干殻火。冥界からの還り死人《しびと》達だ。

景時　何者だ。名を名乗れ。
秀衡　それはこっちが聞きたい。奥華に乗り込んで何をしてる。
基衡　秀衡、あれは源氏の白旗だ。

と、頼朝の旗印を指す基衡。

秀衡　だとすると、頼朝軍か。
頼朝　いかにも源頼朝だ。そういうおぬしらは。

秀衡達、名乗りを上げる。

秀衡　奥州奥華の三代目当主、奥華秀衡。
清衡　同じく初代当主、奥華清衡。
基衡　二代目当主、奥華基衡。
干殻火　そして、木乃伊守の干殻火さんだ！
景時　最後の一人はともかく、残りはすべて死んだはずです。
頼朝　ええい、何だか知らぬが打ち払ってしまえ！
景時　は。かかれ、者ども！

源氏の兵が秀衡達に襲いかかる。が、その剣は彼らには効かない。刀が当たっても平気な顔をしている。源氏の兵を振り払う秀衡達。

秀衡　効かないなあ。
基衡　さすが、俺の筋肉。
清衡　いや。一度死んだ人間を殺すことは出来ぬということだな。
頼朝　なに……。
秀衡　はは、こりゃあいいや。

源氏兵から刀を奪うと、斬り殺す秀衡。

頼朝　お、おのれらは……。
秀衡　貴様ら源氏を打ち払うために冥土から蘇った、奥華秀衡と地獄の軍団だ!!

と、源氏兵に襲いかかる秀衡達。次々に倒されていく源氏兵。

景時　頼朝様、ここは一旦撤退を。
頼朝　わかった。来い、お前達。

政子とおかめをともなって撤退する頼朝。
景時がしんがりをつとめる。
源氏の軍を薙ぎ倒す秀衡達。

基衡　頼朝め、逃がすか。
干殻火　おう。

と、追っていく清衡、基衡、干殻火。

秀衡　ふん、源氏の軍もあっけないな。礼を言うぞ、玄久郎。俺をもう一度、この世に戻してくれたことをな。

と、秀衡、笑う。その笑顔に邪気がある。
秀衡も頼朝達のあとを追う。

×　×　×　×

山間を行く弁慶と海尊。山法師達。

海尊　まずいな、弁慶。

弁慶　ああ、思ったよりも奥華の兵が弱すぎる。これでは源氏と奥華の共倒れにはならぬぞ。
海尊　こんなことなら、義経は殺さずに頼朝と戦わせたほうがよかったか。
弁慶　悔いるな、海尊。今更どうしようもない。

と、その前によろよろと拘束具をつけた男が現れる。

弁慶　何だ？

拘束具を引き千切る男。牛若だ。

海尊　牛若様、まさか。
牛若　てめえら、弁慶に海尊か！

と、いきなり襲いかかる牛若。
必死に止める山法師達。

牛若　てめえら、よくも俺を見捨てて玄久郎なんかを替え玉に仕立てやがったな。
弁慶　しかし、あなたは死んでいた。
牛若　ああ、死んだよ。なんだかわからねえ奥華の冥界とかに閉じこめられて、死んだのに

海尊　成仏もしねえで。奴ら、わけわかんねえ。
牛若　いや、そういうあなたも相当わけがわからない。
弁慶　俺にもわからねえよ。死んだのに、こうやって現世に戻ってきてる。
海尊　……霊魂ということか。
牛若　しかし、この感じ、何かが違う。
弁慶　決めた。まずはてめえらをぶっ殺す。
牛若　なぜ？
海尊　俺だけ死んで、不公平じゃないか。

と、海尊を襲うと錫杖を奪う。

牛若　く。
海尊　ああ、そうだ、この世の連中全員俺がぶち殺してやるよ！

仕込み刀を抜く牛若。海尊に振り下ろす。
山法師の一人がその刀を受ける。別の山法師は弁慶をかばっている。

牛若　おもしれえ！

と山法師と戦う牛若。

だが、あっという間に斬り倒してしまう。

弁慶　ぬぬぬぬ。
海尊　なんだか前より腕が上がってないか。
牛若　身体が軽いんだよ。斬られても痛くねえし。
弁慶　……やはり霊魂の類か。
牛若　次はてめえらだ！

と、そこに鈍覚大僧正、通風権僧正、炎上院が現れる。

鈍覚　そうはいかない。

三人、九字真言を唱える。

三人　臨兵闘者皆陣列在前《りんぴょうとうしゃかいじんれつざいぜん》、臨兵闘者皆陣列在前《りんぴょうとうしゃかいじんれつざいぜん》。
牛若　なに。

動きが止まる牛若。

通風　去れ、悪鬼怨霊。
炎上院　何を恐れますか、弁慶殿、海尊殿。そなたらも仏に仕える身。悪霊ならば鎮めればよいだけのこと。
海尊　確かに。

弁慶と海尊も、同様に九字を唱える。
牛若、苦しむ。

牛若　ち。覚えてろよ、てめえら。

駆け去る牛若。ホッとする弁慶と海尊。

海尊　いやあ、助かりました。炎上院様。
弁慶　しかしなぜ、この奥州まで。
炎上院　源氏と奥華が互いに争い共倒れとなる。武家は滅び、この世は再び朝廷と貴族のものとなる。それこそが我ら朝廷仏閣連合の悲願。
鈍覚　その悲願が成されようとするその時を、この目で見ようとわざわざ足を運んだのだ。
通風　しかし、さすがみちのくの蛮族。まさか冥府の扉を開けて亡者の魂を呼び出すとはな。

弁慶　では他にも。
鈍覚　おお。奥華の還り死人《しびと》どもが源氏の兵を薙ぎ倒しているらしい。
海尊　そんな……。
炎上院　案ずるな、海尊殿。むしろこれは好都合。亡者どもなら我らが成仏させればよい。
鈍覚　源氏も奥華も、目障りな侍どもはすべて亡者どもに駆逐させ、そのあとその亡者を我らが供養し天に滅する。
通風　さすれば、この世は再び平安の世の如き、平穏に戻る。
弁慶　しかし、そううまく行きますか。
鈍覚　案ずるな案ずるな。
海尊　ここから先は戦のまっただ中。物見遊山気分では危のうございます。
鈍覚　そう思うての。これを用意しておいた。(と、護符を出す)身隠しの護符だ。
炎上院　京の都が培った呪詛の力よ。これさえあれば、血気に逸った武士や怨霊は我らには気づかぬ。
通風　さ、武士どもの最期、高みの見物と参ろうぞ。
鈍覚・炎上院　参ろう参ろう。

　　笑いながら去る鈍覚、通風、炎上院。

海尊　……ほんとにあの方達で大丈夫かな。

弁慶　……迷うなと言うに。

海尊　……なあ弁慶、九郎と一緒の時は楽しかったな。

弁慶　……まあな。（気を取り直し）いくぞ、海尊。悔やんでいても仕方がない。

弁慶と海尊も立ち去る。

×　　×　　×　　×

追われる源氏軍。追う奥華の還り死人《しびと》達。

秀衡、基衡、清衡、干殻火、それぞれ魔物に魅入られたかのように血を好み、残虐に源氏兵を殺していく。

残った兵士と景時が牽制するが、頼朝、実平、政子、おかめは追い詰められる。

頼朝　ぬぬぬぬ。

秀衡　この奥華を潰して日の本を手に入れるつもりだったたか、頼朝。悪いがその夢は露と消えるぞ。

頼朝　この怨霊どもが……。

政子とおかめ、頼朝にすがる。

政子　……あなた。

おかめ　よりより。
政子　よりより？
頼朝　もめるな。今はそんな時じゃない。お前達だけでも逃げろ。早く。

しぶる政子とおかめを逃がす頼朝。

秀衡　逃がすな。

と、そこに義経が駆けつける。

義経　待て。女は見逃してもいいでしょう、親父様。
秀衡　なにい。
基衡　玄久郎か。
清衡　よくぞわし達を冥界から戻してくれた。
義経　奥華を守るためです。
頼朝　お前、死んだはずでは。いや、貴様も冥土から戻ってきたか。
義経　（頼朝に）頼朝様。俺はあんたの弟じゃない。奥華秀衡の息子、玄久郎国衡だ。
頼朝　知っておったわ。
実平　源氏の棟梁、頼朝様だ。貴様ら田舎者の策に乗せられると思ったか。

義経　知ってるんなら話は早い。奥華の力思い知ったか。わかったら立ち去れ。そして二度と奥華に手を出すな。
頼朝　なに。
義経　降伏すれば命まではとらない。皆殺しってのは性にあわねえ。
秀衡　それは飲めぬなあ。
義経　親父様。
秀衡　源氏は今ここで全滅させる。

と、源氏に襲いかかる秀衡、基衡、清衡、干殻火。残った兵を叩き斬る。

義経　なぜ。
秀衡　見ろ、この身体。刀も効かぬ。歳もとらぬ。今の俺達はまさに永遠の命を得た身。今こそ、生前の野望をかなえる時だ。
義経　奥華は他国と関わらず交わらず独立を守る。その願いは、他国を滅ぼさなくても出来るはずだ。
秀衡　違うよ、玄久郎。俺の野望はこの手でこの国を掴むことだ。
義経　そんな。
頼朝　待て。わかった。源氏は兵を退く。決して奥華とは争わぬ。
義経　頼朝もこう言ってる。じいさま、ひいじいさまも親父様を止めてくれ。

清衡　それは出来んよ、玄久郎。
基衡　源氏はぶっつぶす、俺のこの上腕二頭筋で。

という二人の表情にも邪気がある。

義経　なんで。冥界じゃあんなに呑気だったのに。
清衡　それは諦めてただけだ。だが、もう一度この世に戻れた。
基衡　しかもこの力。血が見たくなるよなあ。
秀衡　礼を言うぞ。お前のおかげだ、玄久郎。
義経　……俺はそんなつもりじゃ。
干殻火　坊っちゃんこそ、なんでわしらを止める。
義経　平氏を皆殺しにした時に、心の底に苦いもんが残ったんだ。あんな苦いのはもう嫌なんだよ。
秀衡　だったらお前も血の味を覚えろ。それですべてが忘れられる。
義経　なんてことを。
秀衡　天下の源頼朝の血は、どんな色をしてるんだろうな。
頼朝　待て、待ってくれ。

と、そこに牛若が現れる。

牛若　待て、秀衡。
秀衡　牛若。
義経　お前もこっちに来てたのか。
干殻火　秀衡様、ご用心くだせえ。そいつは頼朝の弟です。何を考えているか。
頼朝　弟？
牛若　ああ。俺は遮那王牛若。あんたの弟だ。
景時　そうか、奥華の男に殺された。
頼朝　おお、おぬしが本物の弟か。
牛若　秀衡、その者達、お前らに手は出させない。
秀衡　なに。
実平　さすが、本物の弟君。亡霊となっても我らを守ってくれるか。
牛若　……馬鹿か、お前は。

と、実平に斬撃。

頼朝　実平！
実平　……な、なぜ？
牛若　（秀衡達に）あんたらに手を出させないのはなあ。

と、実平にとどめの斬撃。

実平　ぐわあ！（と、絶命し倒れる）

牛若　俺がぶっ殺すからだよ、てめえらを！

と、頼朝達に打ちかかる。景時が、牛若の剣を受ける。

頼朝　な、なぜ？

牛若　俺の偽物を見抜けなかったのが気に入らねえ。お前の目つきが気に入らねえ。第一、てめえらが生きているのが気に入らねえ！

牛若の剣を受けている景時。

頼朝　そ、それは八つ当たりだ。

牛若　八つ当たりじゃねえ。生きてりゃ、てめえもぶっ倒して、俺が武家の棟梁としてこの国を牛耳ってたんだ！

と、景時と戦う牛若。

義経　やめろ！

義経も牛若との戦いに割って入る。

牛若　お前の腕で俺にかなうか。

牛若の剣が義経に決まる。が、義経には効かない。

義経　どうやら、俺達同士でも剣は効かないようだな。

と、義経の反撃。

景時　殿、今のうちに！

その隙に逃げようとする頼朝と景時。

秀衡　待て！
義経　やめろ！

追おうとする秀衡達の前に、立ちはだかる義経。頼朝と景時、逃げ切る。

牛若　逃がしちまったじゃねえか。まったくてめえは腹が立つ男だよ。
秀衡　どうだ牛若、俺達と組まぬか。そこの馬鹿息子よりはよほど話が合いそうだ。
牛若　ほう。
秀衡　この国は、死人《しびと》が支配する。俺達とおぬしでな。
義経　……そんな。
牛若　俺が好きに出来るってことか。そいつは面白えな。

邪気を含んだ笑顔でうなずき合う、秀衡一党と牛若。

秀衡　行くぞ。
牛若　おう。
義経　待て！

と、止めようとするが秀衡と牛若に吹っ飛ばされる義経。一同、去る。

義経　……くそう、こんなはずじゃなかったのに。

歯噛みする義経。

【第九景】

黄泉津の館から漆黒の窟への途中の道。
静歌が駆けてくる。

静歌　九郎！　九郎！

と、次郎が現れる。

次郎　兄上は？　まだ戻らないのか。
静歌　ええ。様子を見てくると出ていったきり。
次郎　冥界の扉は開いたのだな。
静歌　それは確かに。でもなんだか嫌な気配がする。

そこに黄泉津、くくり、元治が現れる。

黄泉津　ここにいたか、泰衡。

くくり　源氏の兵が漆黒の窟に向かっていると。

黄泉津　あの地を倭《やまと》に穢《けが》させるわけにはいかぬ。来い。

元治　奥華の底力見せてやりましょうぞ。

次郎　はい。（静歌に）お前も来い。

静歌　え。

次郎　兄上に、静歌を頼むと言われた。放って置くわけにはいかない。

その間に走り去る黄泉津、くくり、元治。

次郎　さあ。（と、静歌を誘う）

駆け出す次郎。うなずき、あとに続く静歌。

×　×　×

漆黒の窟。

源氏の兵がいる。そこに現れる秀衡、牛若、基衡、清衡、干殻火。

秀衡　源氏の雑兵がこの窟を穢すか。それはさせない。

源氏の兵を無残に斬り殺す秀衡と牛若。

と、そこに入ってくる黄泉津、次郎、くくり、静歌、元治。

次郎　……父上。

秀衡　久しぶりだなあ、黄泉津、次郎。

黄泉津　……まことに冥界から戻りましたか、秀衡殿。いや、基衡様に清衡様、それに干殼火まで。

干殼火　奥方様、お久しゅう。

牛若　俺は無視か。

黄泉津　その若僧もどさくさにまぎれていたか。

牛若　なにい。

元治　ここで倭の血を流すとは。あなた達ご自身が眠っている場所ですよ。自ら穢れを呼び込むつもりですか。何を考えておられる、御館様！

秀衡　倭の血だけじゃない。

と、元治を斬る。

秀衡　奥華の血も存分に流すさ。

元治　……御館様、なぜ。

秀衡、元治に連続で斬撃。元治倒れる。

くくり　奥華の者まで無慈悲に。何のつもりですか！

黄泉津　無駄なことです。あれらはもう人外の者となっている。

清衡　人外？　奥華の先祖に向かって不遜な。

死にかけている元治を引きずり起こして、その首をへし折る基衡。絶命する元治。

基衡　こうしてこの世での力も持った。

秀衡　もうおぬしに俺達を抑えることは出来んぞ。

次郎　まさか父上、生前の野望を。

秀衡　おうよ。もう奥華も源氏もない。この世の王は俺だ。

次郎　そんな……。

静歌　あいつら、現世《うつしょ》の邪気に呑まれてる……。

黄泉津　いや、あれがあ奴らの本性だ。生前は抑えてきた本性が、冥界から戻ってきたことで露わになっている。己の根《ね》の底の妄執が人の形に顕現《けんげん》しておるのだ。

秀衡　（いらつき）こむずかいこと言ってんじゃねえ！

清衡・基衡　おう！

秀衡　だいたいてめえは生きてる時から、グダグダグダグダグダ、奥華がどうとか巫女長がどう清衡・基衡　とか能書きばっかり。会話に漢字が多すぎんだよ。ひらがなでしゃべれ、ひらがなで！

黄泉津　おおう！

牛若　ならばわかるように言ってやろう。ばかはだまれ。

偉そうに！

と、黄泉津に襲いかかろうとする。が、そこに飛び込んでくる義経。牛若の剣を、剣で弾いて下がらせる。

その隙に黄泉津とくくり、目を閉じ小声で何か呟いている。

静歌　九郎！

義経　静歌、歌え。

静歌　また？

義経　ああ、もう一度歌って、こいつらを冥界に戻してくれ。

秀衡　そうか、玄久郎。それがお前の女か。

義経　違う、そんなんじゃねえ。

秀衡　そんなんじゃねえは、そんなだってことだ。それだけ異能の力を持つ女に目をつけるとは、さすが俺のせがれ。

義経　あんたの御託《ごたく》を聞く気はねえよ。静歌、早く。

静歌　……ごめん、それは無理だ。私の歌じゃ戻せない。
義経　なんで。
静歌　私の歌は冥界の扉を開くだけ。霊魂を私が操るわけじゃない。
義経　そんな。

秀衡達、笑う。

秀衡　思い通りにならず、残念だったな。

と、辺りの雰囲気が変わる。秀衡達冥界の民の動きが止まる。

清衡　どうした。

と、小声で詠唱していた黄泉津の呪文が徐々に大きくなっていく。

黄泉津　入滅転生、変成輪廻、奥華安楽国、黄金大往生　入滅転生、変成輪廻……。
秀衡　黄泉津、まさか、貴様。
黄泉津　ああ、そうだ。貴様らの魂は、木乃伊の身体を黄金に変えた時昇天する。
くくり　黄泉津様が祈り終わった時が、おのれらの最期。

黄泉津　秀衡、基衡、清衡、牛若、干殻火そして玄久郎の木乃伊はこれだ。

と、後ろにある彼らの木乃伊を示す。

次郎　待って、兄上もですか。

黄泉津　還り死人《しびと》は世の道理に逆らった者達だ。例外はない。

義経　かまわねえ。源氏の兵もあらかた片づけた。親父様ごと消えるんなら御の字だ。

黄泉津　奥華安楽国、黄金大往生!

錫杖を鳴らす黄泉津。と、黄泉津が示した木乃伊がすべて黄金に変わる。悲鳴を上げる還り死人達。その身を光と白煙が包む。が、輝きが収まった時、彼らはまだそこにいる。

黄泉津　な、なぜ昇天しない……。

笑い出す還り死人達。義経だけはがっかりしている。

秀衡　残念だったなあ、黄泉津。どうやら昇天は冥界にいる時だけのようだな。この世は天からは遠すぎるってことだ。

黄泉津　く……。
秀衡　いいねいいね。初めて見たよ、お前の悔しそうな顔。そうしてみると、少しはしおらしいところもあるじゃないか。

と、秀衡、黄泉津に襲いかかる。

義経　やめろ！
牛若　行かせるか！

義経が秀衡を止めようとするが、牛若がその邪魔をする。

次郎　母上！
清衡　待て。
基衡　おとなしく見てろ。

次郎とくくりは清衡と基衡の相手をする。
義経、静歌をかばいながら牛若と戦う。
黄泉津、錫杖で秀衡の剣を受ける。

秀衡　そう、お前は奥華秀衡の妻じゃなかった。いつも奥華の巫女長だ。だがな、その巫女長も今日で終わりだ。

と、黄泉津の腹に剣を突き刺す秀衡。

黄泉津　き、貴様！
次郎　は、母上！
くくり　黄泉津様！

と、駆け寄るくくりも斬る秀衡。

くくり　く！
義経　あんたはなんということを！

黄泉津とくくり、膝をつく。

秀衡　何を偉そうに言っている。全部、お前の仕業だろうが。
義経　え。
秀衡　お前が俺の仇を取ると言った。なのに無様に殺された。お前が後先考えずに冥界の扉を開いた。
義経　それは……。
秀衡　牛若の替え玉の時もそうだ。お前は悩まない。悩まず戦に挑み、見事平氏を滅ぼした。違うな。悩まないんじゃない。考えないんだ。考えずにただ流される。お前の中身は何もない。
義経　それは……。
秀衡　お前は誰だ。玄久郎か？　義経か？　生きてるのか？　死んでるのか？　還り死人《しびと》なのに、この世の連中の味方をする。なんでだ？　理由が言えるか。
義経　それは……。
秀衡　「それは」しか言えないよな。なぜなら理由はないからだ。お前は空っぽだ。生きてもいなけりゃ死んでもいない。
義経　生きてもいなけりゃ死んでもいない……。
秀衡　ああ、そうだ。空っぽのお前のいる場所は、どこにもない。
義経　俺は、俺のいる場所は、……どこにもない⁉
静歌　だめだ九郎、悩むな！　お前が悩んじゃいけない！
義経　（が、静歌の声は届かない）俺が悪いのか。俺のせいなのか。

と、叫ぶ義経。光が彼を包む。

静歌　九郎！
義経　俺は、俺は空っぽなのか!!

光に包まれ義経の姿が消える。

次郎　兄上！
静歌　消えた……。
清衡　そうか。倒せなければ消せばいい。
秀衡　俺達を倒せるのは自分自身だけだからな。自縄自縛の魂の合わせ鏡に落とし込んで封じるというわけだ。
基衡　考えたな、秀衡。
秀衡　どっちつかずの愚かな男の魂が、どことも知れずに消え去ったってことか。
牛若　俺の紛い物には似合いの最期だ。

と、干殻火が周りの様子を見ている。

清衡　どうした。
干殻火　どうも様子が妙だ。
基衡　何が？

干殼火　何か妙な気配がする。（と、一点を睨みいきなり襲いかかる）そこかあ!!

と、物陰に飛びかかる干殼火。続く清衡と基衡。物陰から鈍覚と通風、炎上院を引きずり出す。

鈍覚　な、なぜわかった。
干殼火　わしは、漆黒の窟の番人木乃伊守の干殼火さんだ。この窟のことなら死んでからでもよくわかる。

と、弁慶と海尊、身隠しの護符をはがしながら飛び出してくる。

弁慶　だから言わないこっちゃない。
海尊　まんまと見つかったじゃないですか。

と、二人、錫杖を構える。

次郎　弁慶に海尊。貴様ら。
牛若　気をつけろよ。こいつら、怪しい呪文を使う。
秀衡　呪文？

牛若　ああ、そのせいで身動きがとれなくなった。
通風　その通り。我らは都の位高き僧。貴様ら怨霊を調伏するのなどたやすいこと。
炎上院　本当は、頼朝達を倒させてからお前達を調伏するつもりでしたが、まあいい。源氏も奥華ももはや死に体。いずれ滅びるは必定。
鈍覚　かつてのような公家と僧の穏やかな世が戻る。
次郎　そんなことのために兄上を。（弁慶達に）貴様ら、こんな奴らに操られていたか。
弁慶　操られていたのではない。我らは、それがこの国の平穏のためと。
通風　（弁慶と海尊に）源氏と奥華の残党くらい、おぬしら山法師で倒せるだろう。
海尊　それはまあ。
鈍覚　ならばよし。奥華の亡者ども、御仏の加護を知り、今ここに成仏しろ！

鈍覚、通風、炎上院、弁慶、海尊、九字真言を唱える。

五人　臨兵闘者皆陣列在前、臨兵闘者皆陣列在前。

が、還り死人《しびと》達は平然としている。

鈍覚　ええええ。
牛若　効かねえなあ。

驚く五人。なおいっそう真言を唱える。

五人　臨兵闘者皆陣列在前、臨兵闘者皆陣列在前！

が、やはり効かない。五人の周りを還り死人《しびと》達が取り囲む。秀衡、自分の木乃伊が変成《へんじょう》した黄金を持っている。

秀衡　悪いなあ。その呪文は今までこの世にあったもの用だ。今の俺達には効かない。なにせ、俺達は今までこの世に存在したことがないものだからな。

炎上院　なに。

秀衡　俺達の木乃伊は黄金になった。冥界にいるはずの俺達がこの世に在る。身体と魂、どちらもがこの世の道理じゃない形でこの世に存在してる。俺達は規格外なんだよ。

と、手にした黄金で鈍覚を殴る。

鈍覚　ぐわ！

うろたえる鈍覚達。

通風　すまん、悪かった。許してくれ。
炎上院　返す。金《きん》なら返すから。
鈍覚　ほんとごめんなさい。
清衡　聞こえぬな。
基衡　死ね、くそ坊主！
牛若　てめえら、さっきはよくも！

と、三人、鈍覚、通風、炎上院を斬る。悲鳴を上げ絶命する三人、物陰に倒れる。

弁慶　鈍覚様！
海尊　この怪物どもが。
秀衡　怪物か。俺達を怪物にしたのは、お前ら生きてる連中だよ。
弁慶　なに。
秀衡　（弁慶達を指し）お前らが源氏と奥華の自滅を狙い、（静歌と次郎を指して）お前らが冥界の扉を開いた。（倒れている黄泉津を指し）そしてこいつが、俺達の木乃伊を黄金にした。愚かな人どもが己の小賢しい策に溺れて、俺達を無敵の怪物に仕立て上げてくれた。礼を言うぜ、もう誰も俺達を止められない。
次郎　黙れ！　黙れ、黙れ！

秀衡　吠えるな、泰衡。そうか、お前だったな、俺を殺したのは。どうした、ずっと悔やんでいたか。実の父親を殺したとクヨクヨと。はは、お前らしいや。だからお前は次郎なんだよ。

次郎　……私は奥華の当主、泰衡だ。悔いるとすれば、あの時お前を成仏させられなかったことだ！

打ちかかる次郎。黄金で殴り飛ばす秀衡。

秀衡　（基衡に）親父殿、その歌歌い、逃がすなよ。もう一度、歌わせる。

静歌　え。

秀衡　冥界の扉を開かせる。ご先祖様達にもこの世に来てもらう。地獄の大軍団が出来上がるぞ。

清衡　なるほど、そりゃあいい。

牛若　この世を死人《しびと》が牛耳るか。

と、静歌、自分の六絃を叩き壊す。

静歌　これで歌えない。

悔しい表情の秀衡。彼女に近づく。

秀衡　まだ、その喉が残ってるだろうが。

と、静歌の首を摑む。

静歌　ぐ。

秀衡　歌ってもらうぜ、俺達のために。

が、秀衡の腕の力が抜ける。逃げる静歌。

秀衡　なに？

黄泉津の笑い声が響く。

秀衡　黄泉津、お前、まだ生きていたか。

黄泉津　ああ。お前が偉そうな御託を並べていたおかげで準備が出来たよ。

よろよろと立ち上がる黄泉津とくくり。

二人とも傷は深いが、まだ気力がある。

黄泉津　お前達の木乃伊から出来た黄金、そこに私とくくりの血を降り注いだ。身固めの封印だ。倒せなくてもこの窟に縛りつけることは出来る。

秀衡、黄金を一本持っているが残りはまだ変成《へんじょう》した場所にある。他の黄金も同様だ。そこに黄泉津の血が注がれ、真っ赤になっている。確かに、還り死人《しびと》達、動けなくなっている。と、くくりが松明を持ってくる。

くくり　黄泉津様。

秀衡　貴様、木乃伊を燃やすつもりか。

黄泉津　ああ。ご先祖様を貴様らのような亡者にはさせん。それが私の最後の務めだ。

秀衡　け。窟《いわや》が燃えてお前らの血が燃えつきれば封印は解ける。こんなのは一時しのぎだ。

黄泉津　ああ。時間が稼げればいい

次郎　かあさま……。

黄泉津　嘆くな、泰衡。奥華秀衡がこういう男だとわかっていながら、私は冥界の扉を開けるのを止めなかった。源氏の兵に蹂躙され、もしかしたら、死んだあとなら、この男もましになっているかもと、一縷の希望を託したのだ。だが、やはり此奴は此奴だった。

秀衡　け。

黄泉津　今の事態はこの母の甘さが原因だ。だからお前は逃げなさい。そして、玄久郎を探せ。
静歌　え。
黄泉津　あれはまだ昇天してはいない。この事態を収められるかは、玄久郎とあなた、そして大陸の歌歌い、お前達にかかっている。
次郎　私達に……。
秀衡　ふん、そ奴ら青二才に何が出来る。
黄泉津　地獄の亡者にはわかるまいよ。奥華の巫女長の最後の予言だ。侮るでない。
次郎　かあさま……。
黄泉津　生き残るのも当主の務め。さ、行きなさい。

弁慶と海尊もうなずき合う。

弁慶　行くぞ、泰衡殿。
海尊　静歌、お前も。
静歌　うん。
黄泉津　やれ、くくり。
くくり　はい！

くくり、松明を投げる。窟内にあっという間に火が回る。

次郎　お任せ下さい、かあさま。……いえ、母上！

黄泉津、微笑み次郎にうなずく。

次郎　（一同に）行こう！

と、弁慶、海尊、次郎、静歌、駆け去る。

秀衡　黄泉津、おのれは。

黄泉津　私か。私は奥華の巫女長、黄泉津の方だ。

秀衡　おのれは最後まで！

白煙に香まれ消える還り死人《しびと》達。

燃える窟を見る黄泉津。

黄泉津　……木乃伊を黄金に変成《へんじょう》せずに燃やせば、冥界の魂は昇天せずに地獄に行く。先祖の魂を守るべき巫女としては、許されない罪だ。地獄でご先祖達にたっぷり叱られるな。

苦笑いすると、気力尽き膝をつく黄泉津。

くくり　ならば一緒に叱られましょう。……黄泉津様。

くくり、正座するとポンポンと膝を叩く。

黄泉津、ゆっくりとその膝に頭をのせて横たわる。

黄泉津　つきあわせて悪かった……。

くくり　いいえ……。ゆっくりお眠り下さい。

黄泉津　……ええ、あなたもね。

黄泉津とくくり、目を閉じる。

炎の中、二人の姿が消えていく。

【第十景】

どこともしれない場所。
一人、義経の姿が浮かび上がる。
周りを鏡が囲んでいる。

義経　……ここは。

鏡に映っている自分に気づく。

義経　うわ、俺がいっぱい！

と、鏡の中の義経の声がどこからともなく響き渡る。

鏡の義経　そうだ、愚かな俺でいっぱいだ。
義経　え……。
鏡の義経　俺は何者でもない。生きてもいなけりゃ死んでもいない。俺は空っぽだ。

義経　言うな！

　と、隅に六絃が転がっているのに気づく。

義経　これは、静歌の……。

　持ち上げると壊れているのがわかる。

義経　あ。……そうか、お前もくたばっちまったのか。鳴らない楽器は楽器じゃねえよなあ。俺と同じだ。

　と、壊れた六絃を抱きかかえる義経。

義経　……奥華玄久郎国衡。

　と、鏡の中の義経像が一つ消える。

義経　……源九郎義経。

また一つ、鏡の中の義経像が消える。

義経　……生きてねえし。

また一つ、鏡の中の義経像が消える。

義経　……死んでもねえ。

また一つ、鏡の中の義経像が消える。

義経　……俺は誰でもねえし、どこにもいねえ。俺は空っぽだ。

すべての鏡の中の義経像が消える、うずくまる義経。闇が彼を包む。

×　　×　　×

奥泉。

街は戦火に焼かれ、いまや廃墟と化している。政子とおかめが逃げてくる。

おかめ　もう無理。もう走れない。

政子　ならば、そこで朽ち果てなさい。遊び気分で戦場《いくさば》にくるから、簡単に弱音を吐く。

おかめ　え。

政子　そんな変装で私をごまかせるとお思いか。北条政子をなめるでない。

おかめ　……。

政子　ただし、死ぬのなら、頼朝様の側女《そばめ》に恥じぬ姿で死になさい。

おかめ、自ら、変装を投げ捨てる。

おかめ　まだ、走れます。

政子　あら、しぶとい。（と、言いながらもおかめを肯定する表情）

と、頼朝と景時が逃げてくる。

政子　頼朝様！

頼朝　おお、無事だったか、お前達。

おかめ　はい。

と、そこに牛若が現れる。

牛若　見つけたぞ、頼朝。

景時　貴様。
頼朝　しつこい亡者が。

牛若が襲いかかる。景時が応戦するが彼を振り払い頼朝に駆け寄る。

政子　殿！

と、政子が頼朝をかばう。牛若の剣が政子の顔に向かう。政子後ろを向く。牛若の剣が顔を貫いたかに見える。が、政子が振り返るとその剣を口で止めている。剣先を手で持ち剣を嚙み砕く政子。さすがに牛若も驚く。

牛若　ええー!?
政子　なめるな！　ここまでどれだけの苦汁をなめ歯を食いしばってきたと思う。源氏再興の悲願を賭けて鉄煎餅を嚙み砕いてきたこの北条政子、そんななまくら刀など、紙くず同然よ！
頼朝　すごい。
牛若　なんだ、この化け物ばばあは。
政子　ばばあではない、北条政子！　この頼朝様は武家をやがてはこの国を一つにまとめるお方。その命を守るためなら、刀の五本や十本、合わせて嚙み砕く！　それが源氏の

おかめ　棟梁の奥方の覚悟よ！
政子　……かなわない。
おかめ　（おかめに）殿を愛したかったら、まずは歯を鍛えなさい。
牛若　はい。
偉そうに。

そこに弁慶、海尊、次郎、静歌も駆けてくる。

海尊　牛若。
弁慶　もう逃げ出したのか。

と、海尊が錫杖を構える。

海尊　頼朝殿、お逃げ下さい。
頼朝　なに。
次郎　しかし、お前らは武士の滅亡を狙っていたのでは。
海尊　確かにその通りです。だが、あなたが死ねば、本当に死人《しびと》がこの国を乗っ取ってしまう。それはごめんだ。
弁慶　お前の言う通りだよ、海尊。（と、錫杖を構える）

牛若　ふん。ころころころころ立場を変えやがる。だから坊主は信用出来ないんだ。

政子に刀を砕かれたため、斬りかかることが出来ず、もどかしい牛若。弁慶と海尊が彼を牽制している。

弁慶　信用してもらわなくて結構だ。次郎、いや、泰衡殿。義経殿もこちらに戻っているのか。

静歌　ああ、でも行方がしれなくなった。

弁慶　はあ？

次郎　多分、生まれて初めて悩んでる。

静歌　死んでから、初めて悩んでる。悩んで迷って、多分、魂の袋小路に入り込んでる。

弁慶　そうか。ああいう性格だから、迷う時も迷いなく思いっきり迷うだろうなあ。

次郎　静歌、歌ってくれ。兄上を呼び戻そう。

静歌　え。

次郎　私達三人が父上の暴挙を止める。母上の予言を私は信じる。

と、そこに秀衡、基衡、清衡、干殻火も現れる。

秀衡　こんなところにいたか。

海尊　しぶとい亡者が。
秀衡　だから言ってるだろう。死人《しびと》は死なないんだよ。ほら、牛若。

と、二本持っていた刀の一本を牛若に渡す秀衡。

牛若　おう。（と、刀を受け取る）
弁慶　山法師！

と、山法師達が現れる。

弁慶　我らが時間を稼ぐ。その間に必ず九郎殿を。
静歌　ああ。

還り死人と山法師達の戦いが始まる。
戦いの中、一同は移動する。
静歌と次郎だけが残る。
静歌が歌う。
と、暗闇の中に義経の姿が浮かび上がる。
薄暗い中、うずくまり消えかかっているような姿。

一旦、歌をやめる静歌。

次郎　どうだ？
静歌　……だめ。彼の魂に届いている気がしない。
次郎　なんで
静歌　……六絃がないからだ。九郎との絆が切れたんだ。
次郎　だったらどうすれば。
静歌　何か九郎と繋がるものがあれば。
次郎　私も歌う。
静歌　え。
次郎　絆ならここにある。私の思いが、お前の歌を兄上に届ける。
静歌　そうか、そうだな。それが一番強い絃だ。一緒に歌おう。
次郎　ああ。

静歌、歌い出す。次郎も歌う。
いつの間にか二人の姿は闇に消える。

×　　×　　×　　×

暗闇にうずくまっている義経。その元に一条の光が届く。

義経　え。

静歌と次郎の歌が聞こえてくる。

義経　……何の音だ。いや、歌か……。この声は静歌と次郎か。

辺りを見回す義経。
何人もの影の義経が現れる。影の義経は、義経と同じ服装で顔に仮面をつけている。影の義経達、刀を抜く。

義経　そうか。お前ら、俺か。迷っている俺か。だったら邪魔するな!

義経の身体から剣が出る。

義経　どけ。俺はもっと歌が聴きたいんだ。

剣をふるうと影の義経が切れる。ハッとする義経。

義経　そうか!

義経の表情に以前のような明るさが戻っている。影の義経をすべて切り伏せる義経。

×　　×　　×　　×

奥泉。

現れる静歌、次郎、弁慶、海尊。

弁慶　義経殿は？

静歌　それがまだ。

と、牛若が現れる。

牛若　見つけたぜ、歌歌い。てめえの歌は邪魔くせえ。

次郎　静歌に手は出させない！

と、次郎が静歌をかばって戦う。

静歌　次郎！

牛若　生意気言うんじゃねえ、次郎。てめえの腕で俺にかなうか。

次郎　かなうかなわないじゃない。かなえてみせる。母上の願いと私の想いを！

　と、次郎、必死の戦い。牛若相手に善戦する。
　そこに弁慶と海尊も戦いに加わる。

海尊　牛若様、往生して下され！
牛若　なに。
弁慶　貴様ら死人《しびと》の好きにさせるために、義経殿を斬ったわけではない。ひとえにこの日の本の平和を願ったからだ。
牛若　御託はいいんだよ！

　と、牛若が弁慶と海尊に手傷を負わせる。が、立ち上がる弁慶と海尊。

牛若　ぬう。
弁慶　なめるな！　貴様ら死人が死なぬ身体をもつならば、我ら生きた者にも折れぬ意地がある。貴様ら死人の妄執、この命とともに冥土に送り返してくれる！
海尊　おう！　この者達の命は我らが守る。我が身に代えてもな！
弁慶　武蔵坊弁慶！
海尊　常陸坊海尊！
二人　山法師の意地、見るがいい!!

と、見得を切る二人。傷は受けているが、決死の表情。
そこに現れる義経。剣と六絃を持っている。

義経　うおりゃああ！

と、牛若にドロップキック。吹っ飛ぶ牛若。

牛若　ぐわ！
義経　大丈夫か、みんな！
次郎　兄上！
静歌　九郎！
義経　おう。
静歌　歌が届いたのか。
義経　ああ。お前達の歌が聞こえたよ、しっかりとな。ほらよ。（と、静歌に六絃を渡す）
静歌　これは……。
義経　こいつもまだ成仏したくないんだとさ。（弁慶達に）大見得切ってたなあ、弁慶、海尊。

身構える二人。笑いかける義経。

義経　ここは俺にまかせな。

弁慶　……え。

義経　確かに俺はお前らに殺された。でも、殺されたもんは仕方ねえ。今更お前達が死ぬことはない。お前達の分まで俺が死ぬ。一度死んでんだから大したことはねえ。

弁慶　義経殿。

義経　そんな顔するな。

その間に態勢を整えている牛若。

牛若　まったく往生際の悪い男だな。俺達は不死身の存在だ。たとえ、死人《しびと》同士だろうと倒せはしない。

義経　それでも俺はお前を止めなきゃならねえ。

と、刀を構える。

義経と牛若の激闘。

と、義経の剣が牛若を斬る。傷つく牛若。

牛若　（驚く）なに⁉

義経　やっぱりな。俺の剣はお前を斬れる。

牛若　てめえ、なぜ……。

義経　俺はわかったんだ。確かに俺は俺じゃねえ。でもな、俺はお前の合わせ鏡だ。

牛若　わけわかんねえこと言ってんじゃねえ、この偽物が！

義経　ああ、俺はてめえの偽物だ。本物の偽物だ！

牛若　うるせえ！

打ちかかる牛若。

その剣を弾き、再び牛若に斬撃が決まる。

義経　今度こそ成仏させてやるよ。遮那王牛若を九郎義経が昇天させてやらあ！

義経のとどめの斬撃。

牛若　てめえ……。

牛若、絶命し姿を消す。

喜ぶ次郎達。

弁慶・海尊　おお。
次郎　兄上、さすがです。
静歌　でも、傷が……。

と、静歌が示す。牛若を斬ったのと同じ箇所に傷を受けている義経。

次郎　どういうことです。
義経　（それには答えず）時間がねえ。親父達を探すぞ。

と、駆け去る義経。
慌ててあとを追う次郎、静歌、弁慶、海尊。

×　×　×　×

逃げている頼朝、景時、政子、おかめ。だが秀衡、清衡、基衡、干殻火に四方を囲まれる。

秀衡　追い詰められたなあ、頼朝。
頼朝　ぬぬぬぬぬぬ。
清衡　そろそろ、とどめかな。

と、駆け込んでくる義経。

義経　待て！

秀衡　へえ、戻ってくるとはな。

静歌、次郎、弁慶、海尊も続いて現れる。

頼朝　義経！

おかめ　義経様、助けに来てくれたの？

義経　これで二度目だな。

秀衡　助ける、お前が？　迷ったままのお前が誰かを救えるというのか。

打ちかかる秀衡。

義経　ああ、そうだよ！

と、斬り返す義経。秀衡、斬撃を受ける。

秀衡　く。お前……。

義経　俺は迷いっぱなしだ。俺は誰でもねえ。空っぽの偽物だ。生きてねえし死んでもねえ。

　打ちかかる還り死人《しびと》達の斬撃を剣で打ち払いながら、語る義経。

義経　相手によって呼び名が変わる。（秀衡を指し）俺は玄久郎だ。（頼朝を指し）俺は義経だ。（静歌を指して）俺は九郎だ。（次郎を指して）おれは兄上だ。そう、俺は鏡だ。あんた達を映し出す鏡なんだよ！

基衡　だからどうした！

　と、清衡、基衡、干殻火が打ちかかる。彼らを斬る義経。

基衡　なにい。

義経　この剣と俺の間にあんたらを挟み込み、合わせ鏡に映し出す。俺はあんたらであんたらは俺だ。だから俺にはあんたらが斬れる！

　と、三人にとどめをさす義経。

義経　さよなら、じいさま達。成仏してくれ。

基衡　そ、そんな。
清衡　お、おのれ、玄久郎！
干殻火　また死ぬのは嫌だー！

三人、絶命。姿を消す。
だが、その分、義経も手傷を負う。

義経　く。
秀衡　俺達を斬った分だけ自分も傷ついてるじゃないか。
次郎　あ。
静歌　その傷、そういうこと。
義経　それであんたらが封じられるんなら悔いはねえよ。
秀衡　死んでまで自分の命を粗末にするか。とことん馬鹿だな、お前は。
義経　ああ、馬鹿だよ。でもな、俺とつるんでた坊さんがこう言ってたよ。馬鹿だけど馬鹿じゃない。
海尊　あ……。
弁慶　……聞こえてたか。
秀衡　それでも馬鹿は馬鹿だ。

秀衡が剣を構える。

義経　歌ってくれ、静歌、次郎。お前らの歌が俺の力になる。

静歌　九郎……。

義経　確かに俺は空っぽだ。でもな、空っぽだからよく響く。腹の中からお前らの歌がよく響くんだよ。

静歌　わかった。

と、静歌、六絃を弾いて歌い出す。次郎も続く。
その歌の中、秀衡と戦う義経。
秀衡を斬ると自分も傷つく。
傷つけ合いながら戦う二人。

頼朝　……これはなんだ。化け物どもが……。

と、逃げようとする。思わず次郎が叫ぶ。

次郎　逃げるな、頼朝！　奥華は滅ぶ。残るのはお前だ。だから、せめてその散り際、しっかり見届けろ！

頼朝　え。
政子　頼朝様。
おかめ　ここは。

政子とおかめもしっかり見るように頼朝を促す。

義経　次郎、よく言った。

秀衡と剣を向け合う義経。

秀衡　よく考えろ、玄久郎。俺達はこの国を摑めるんだぞ。二度と滅びない俺達が、この世を好きに出来るんだ。それをなぜ阻む。
義経　俺達は死人《しびと》だ。この世じゃなくてあの世の住人だ。それがこの世を好きにしちゃいけねえ。
秀衡　この愚か者が！
義経　だから馬鹿だって言ってるだろうが！

と、とどめの斬撃。
秀衡の腹に義経の剣が食い込んでいる。

秀衡　……ここまで来て、死に損ないに、この俺が。
義経　死に損ないはお互いさまだ。

義経が剣を抜く。
秀衡、倒れる。絶命。その姿、消える。
義経も深い手傷を負っている。

弁慶　……見事だ。
海尊　ああ。
次郎　兄上。
静歌　九郎。

次郎と静歌、義経に駆け寄る。

義経　大丈夫、（と、よろける）……じゃねえな。こりゃ。

義経も瀕死の傷を受けている。

静歌　九郎、あなたのガラスの目、立派な鏡になったよ。
義経　そうか。（と、嬉しそうに笑う）
次郎　……私は、父上を殺して、母上も兄上も救えず。私はいったい何を。
義経　辛えよな、ああ、そりゃあ、辛え。でもな、その無念、しっかり背負え。どれだけ死《し》人《びと》を背負えるか、それも人の器だ。（静歌に）大陸に帰るのか。
静歌　うん。
義経　だったらお前が送っていけ、次郎。
次郎　え。
義経　弁慶、海尊、こいつらにつきあってくれるか。
弁慶　……その顔で頼まれたら断れんな。
海尊　相変わらず説得力のある顔だよ。黙ってれば。
義経　おう。
弁慶　……本当に素直な男だな、お前は。
義経　おう。次郎、大陸の王になれ。
次郎　え。
義経　こんな狭い島国はそこの頼朝にまかせて、お前は大陸の王になれ。静歌、お前の歌で導いてくれ。こいつの歌はいいぞ。まっずい山葡萄食ったみたいな気持ちになる。その気持ちがある間は、お前は大丈夫だ。
次郎　また無茶ぶりを。

と言いながらも決意の表情の次郎。

義経　頼朝、お前の勝ちだ。この奥州もお前のものになる。だから、もう、こいつらには手は出すな。

頼朝　わしは日の本の統一で忙しい。海の外に逃げた者など知ったことか。

うなずき、笑う義経。

頼朝　行くぞ。

立ち去ろうとする頼朝。あとに続く政子、おかめ、景時。

頼朝　（呟く）……なんだか勝った気がせんな。

政子　生きているのは私達です。泥をかぶっても、歯噛みしてでも、生きていきましょう。

おかめ　強いですよねえ、政子様の歯噛みは。

政子　見習いなさい。

おかめ　はい。

頼朝　……やっぱり勝った気がしない。

景時　頑張りましょう、殿。

と、言いながら四人消える。
ホッとした義経、よろける。

静歌　九郎。
義経　静歌、もう一度歌ってくれ。
静歌　え……。
義経　あの天にまっすぐ昇っていけるように。
静歌　……いやだ。
義経　おいおい。歌歌いは歌を乞われたら断れなかったんじゃないのか。
静歌　私だけじゃいやだ。お前も歌え。
義経　ああ、そうだな。俺も歌おう。あの世でもずっと。誰でもない俺でも、歌っている間は俺の歌だ。

うなずく義経。そして歌い出す。
光の中に義経が包まれていく。
そしてただ歌声だけがこの世に満ちあふれる。

〈偽義経　冥界に歌う　令和編〉　――終――

あとがき

劇団☆新感線39興行『偽義経冥界歌』は、平成三十年三月に大阪で幕を開け、四月に金沢松本と公演を行った。その前の二年間、ステージアラウンドでの『髑髏城の七人』『メタルマクベス』のロングラン公演で東京を離れられなかったからこそ、地方公演を先に行いたい。平成最後の春、桜を追いかけるように各地を回れたのは本当に幸せだった。

三都市で公演を行いそれから一年おいて東京と博多公演を行うという今回の形式はかなり珍しい。一部キャストの入れ替えもあるし、再演かと思いたくなるがそうではない。それでも一年前に本番を行ったことで反省点もわかり、令和二年の公演に関してはよりよいものにできるだろうという確信もあった。

少しでも短くして欲しいというプロデューサーサイドからの要望も有り、脚本にはかなり手を入れた。

幸いというか、『偽義経』の戯曲集は前回の公演でほぼ売り切れていて、今年の公演では重版しなければならなかった。だったら、改めて今年の公演用に修正した脚本を〈令和編〉として発売して欲しいと論創社さんにお願いした。快く対応してくれた論創社さんには感謝しかない。

これが『偽義経　冥界に歌う〈令和編〉』である。

ところで今回のタイトル表記に関して、公演が『偽義経冥界歌』で戯曲集が『偽義経冥界に歌う』となっている。

この違いはなぜか。

平成版『偽義経　冥界に歌う』の戯曲集のあとがきでも説明させてもらったが、〈令和編〉だけを買われる方もいるだろうから、平成版のあとがきから抜粋して事情を語ることにする。


今回、自分としては『偽義経　冥界に歌う』というタイトルで行きたかった。

だが、タイトルの打合せの席でいのうえは、「読みは『にせよしつねめいかいにうた う』でいいけど、歌舞伎の題名みたいに字面は漢字だけ並べたいんだ。漢字九文字くらいでバーンと行きたいんだよ。画数の多い漢字でバーンと」と言い出した。

「お前は小五か、地方のヤンキーか」と突っ込んだが、言い出したら聞かない男だ、まあ仕方がない。考えることにした。

たとえば『偽義経　如何歌　冥界果』とか全然違う漢字を当ててそれを『にせよしつねめいかいにうたう』と読ませる手はある。でも、それって結局表記の方が勝ってしまい、のちには文字面の方だけで語られることにもなりかねない。こちらとしてそれは避けたい。

それだけ『偽義経　冥界に歌う』というフレーズに愛着があった。

色々考えて、『流離譚　偽義経冥界歌（りゅうりたん　にせよしつねめいかいにうたう）』を提案した。

するといのうえがにべもなく言った。

「あー、だったら『偽義経冥界歌』だけでいいや」

「六文字だけどいいの?」

「ああ。画数多いし、大丈夫」

「あのさ、それだったらさ、そこに『に』と『う』を足すだけだよね。『偽義経　冥界に歌う』じゃだめなの?」

「だめ、漢字だけがいい。チラシとか含めて芝居の表記は『偽義経冥界歌』にする」

「わかった。でも戯曲集は俺の作品だから『偽義経　冥界に歌う』にするよ。それでいい?」

「いいよ。戯曲集はそれでいい」

といったようなやりとりがあってこんな形に落ち着いた。

ちょっとだけややこしいけど、今回の芝居の戯曲集はこの本に間違いない。


と、いうわけである。


東京・博多公演の稽古も始まっている。

平成から令和にまたがって誕生した新作いのうえ歌舞伎をより進化した形でお見せでき

ると思う。
楽しんでいただければ幸いだ。

二〇二〇年一月某日

中島かずき

◇上演記録
2020年劇団☆新感線39《サンキュー》興行・春公演
いのうえ歌舞伎『偽義経冥界歌』

【登場人物】
源九郎義経／奥華玄久郎国衡……生田斗真
黄泉津の方……りょう
奥華次郎泰衡……中山優馬
静歌……藤原さくら
源頼朝……粟根まこと
常陸坊海尊……山内圭哉
遮那王牛若……早乙女友貴
武蔵坊弁慶……三宅弘城
奥華秀衡……橋本さとし

鈍覚大僧正……右近健一
奥華十三……河野まさと
土肥実平……逆木圭一郎
北条政子……村木よし子
木乃伊守の干殻火……インディ高橋
くくり……山本カナコ
通風権僧正……礒野慎吾
奥華基衡……吉田メタル
おかめの方……中谷さとみ
炎上院……保坂エマ
奥華清衡……村木　仁
梶原景時……川原正嗣
佐郷元治……武田浩二

奥華兵士／人足／平家兵士……狩野新之介
奥華兵士／人足／源氏兵士……鈴木智久
奥華兵士／人足／源氏兵士……山﨑翔太
奥華兵士／人足／源氏兵士……渡部又吁
侍女／奥華巫女／奥華の女達／他……小板奈央美
侍女／奥華巫女／奥華の女達／他……後藤祐香
奥華巫女／奥華の女達／他……齋藤志野
奥華巫女／奥華の女達／他……鈴木奈苗

山法師／源氏兵士／他……………………………………藤家　剛
山法師／源氏兵士／他……………………………………川島弘之
山法師／平家兵士／奥華兵士……………………………菊地雄人
山法師／平家兵士／奥華兵士……………………………あきつ来野良
山法師／平家兵士／奥華兵士……………………………藤田修平
山法師／奥華兵士／源氏兵士……………………………北川裕貴
山法師／奥華兵士／源氏兵士……………………………紀國谷亮輔
山法師／源氏兵士／他……………………………………下島一成

【スタッフ】
作：中島かずき
演出：いのうえひでのり

美術：二村周作
照明：原田保
衣裳：竹田団吾
音楽：岡崎司
作詞：森雪之丞
振付：TETSU
音響：井上哲司
音効：末谷あずさ
殺陣指導：田尻茂一　川原正嗣
アクション監督：川原正嗣
ヘア&メイク：宮内宏明
特殊効果：南義明

映像：上田大樹
大道具：俳優座劇場舞台美術部
歌唱指導：右近健一
演出助手：山﨑総司　佐藤ゆみ
舞台監督：芳谷 研　篠崎彰宏

宣伝美術：東 學
宣伝画：山本タカト
宣伝写真：渞 忠之
宣伝衣裳：竹田団吾　松竹衣裳
宣伝ヘア・かつら：宮内宏明　アート三川屋
宣伝メイク：西岡達也　岩下倫之
宣伝小道具：高津装飾美術
宣伝・公式サイト制作運営：ディップス・プラネット
制作協力：サンライズプロモーション東京

宣伝：浅生博一　長谷川美津子　森脇 孝
制作助手：武冨佳菜　坂井加代子　泉野奈津子
制作デスク：高畑美里
制作補：辻 未央
制作：柴原智子　堂本奈緒美
エグゼクティブプロデューサー：細川展裕　藤島ジュリーK.

企画：ヴィレッヂ　劇団☆新感線
製作：東京グローブ座　ヴィレッヂ

【東京公演】 TBS赤坂ACTシアター
2020年2月15日（土）～3月24日（火）
主催：東京グローブ座／ヴィレッヂ
【福岡公演】 博多座
2020年4月4日（土）～4月28日（火）
主催：株式会社博多座

中島かずき（なかしま・かずき）
1959年、福岡県生まれ。舞台の脚本を中心に活動。85年4月『炎のハイパーステップ』より座付作家として「劇団☆新感線」に参加。以来、『髑髏城の七人』『阿修羅城の瞳』『朧の森に棲む鬼』など、“いのうえ歌舞伎”と呼ばれる物語性を重視した脚本を多く生み出す。『アテルイ』で2002年朝日舞台芸術賞・秋元松代賞と第47回岸田國士戯曲賞を受賞。

K. Nakashima Selection Vol. 32
偽義経　冥界に歌う　令和編

2020年2月5日　初版第1刷印刷
2020年2月15日　初版第1刷発行

著　者　中島かずき
発行者　森 下 紀 夫
発行所　論　創　社
東京都千代田区神田神保町2-23　北井ビル
電話03（3264）5254　振替口座00160-1-155266
印刷・製本　中央精版印刷
ISBN978-4-8460-1901-3